EMMA GRAE is a Scottish author and journalist from Glasgow. She is a passionate advocate of the Scots language and breaking the stigma around mental illness. She has published fiction and poetry in the UK and Ireland since 2014 in journals including *Liars' League*, *The Honest Ulsterman*, *From Glasgow to Saturn* and *The Open Mouse*. Her debut novel, *Be guid tae yer Mammy*, was published by Unbound in August 2021 and won the Scots Book of the Year 2022 at the Scots Language Awards. As a journalist, she writes under her birth surname, Guinness, and has bylines in a number of publications including *Cosmopolitan*, *Refinery29*, the *Huffington Post*, the *Metro*, and the *National*. Find her on Twitter @emmagraeauthor.

The Tongue She Speaks

EMMA GRAE

Luath Press Limited
EDINBURGH
www.luath.co.uk

First published 2022
This edition 2022

ISBN: 978-1-80425-064-8

An extract from this novel was originally commissioned by the
Scots Language Centre as part of Scots Warks, a project funded
by the Scottish Government to assist and promote adult
literacy in Scots. It brought together some of Scotland's best
Scots writers to share their approaches to writing and to create
new original works in Scots around the theme of literacy.

Typeset in 10.5 point Sabon by Lapiz

In memory of Anne Guinness and Mary Stirling.

The Biggest Grass

1997

'LAMB O GOD, ye take away the sins o the world,' Faither Murphy says, hauldin up the communion.

Rows o weans sit in silence, watched by their eagle-eyed teachers. The ainlie place they willnae dare misbehave is the hoose o God. But when the time comes fur the teachers tae get communion and leave their pupils alane fur five minutes, Cathy O'Kelly automatically stands and follows, hauns clasped taewards the heavens. The other weans gasp.

Hair in bunches and nose covered in snot, she's a five-year-auld nun in the makin. Hauf way doon the aisle, she looks behind hur, eyes widenin when she realises whit she's done. Copyin the teachers is aw well and guid when it comes tae everyfin but a sacrament she husnae even made. But she's committed tae communion, and there's nae turnin back.

Hur knees are shakin when she reaches the altar. The priest raises his haun tae bless hur, but she finks she's gettin the almichty slap she deserves. She shuts hur eyes and opens them when she feels a haun oan hur shoulder, hauf expectin tae find hursel in Hell.

She's directed back taewards hur seat, hur every step inspirin a rebel in the pews.

'And there wis me finkin ye wur a goodie two shoes,' says Scott fae Primary Three, who hus candy fags stickin oot his poacket. 'When they staund up, we'll sit doon,' he suggests tae the row.

The weans whisper intae their signs o the cross. Cathy says nought. She's ainlie a Primary Wan.

'All rise,' says Faither Murphy.

Scott slumps oantae the bench. Wan by wan, the other weans follow. Cathy's the last tae dae it.

'Primary one to three,' Miss Green, a bespectacled teacher, hisses. 'Are you wanting detention?'

The weans stand. Scott's candy fags land at Cathy's feet. She kicks them under the seat. Miss Green glares at hur. Scott smirks.

Cathy looks straicht ahead at the tabernacle. She takes a deep breath in. The chapel smells like incense and the spicy perfume hur Granny wears.

'Hail Mary, full o Grace,' she mutters under hur breath.

She's gat it intae hur heid that if she says enough prayers nought bad will happen efter mass – even if it comes at the expense o Faither Murphy's wurds gaun in wan ear and oot the other.

* * *

Miss Green grabs Cathy by the collar ootside the chapel. Cathy doesnae know where tae look. Anywhere but intae Miss Green's eyes. She stares at a statue o the Virgin Mary and the baby Jesus. So much fur prayers movin mountains like hur mammy said.

'I thought you made a mistake at communion, but your behaviour afterwards was out of order. What made you think you could eat these in the chapel?' Miss Green says, hauldin up the fags. 'Cathy O'Kelly,' she adds, voice growin sterner. 'Look at me while I'm speaking to you.'

Cathy sees hur reflection in Miss Green's glasses. Hur eyes well. She jist wants hur mammy. She always tells hur tae tell the truth and shame the Devil.

'Miss, they arenae ma sweets,' Cathy says, voice quiverin. 'They're Scott's, and he wis the wan who telt everywan else tae sit doon insteid o staund up.'

Miss Green raises an eyebroo.

'I'm giving you the benefit of the doubt just this once,' she says, then points across the street. St Margaret's is directly across fae the chapel. Even when Cathy's in the playgroond, she feels the eyes o God oan hur. 'Get back to school and don't put another toe out of line.'

Cathy's shakin. The hairs oan hur knobbly knees staund upricht.

* * *

'Cathy's the biggest grass in Primary Wan,' Scott says at playtime, sittin oan a brick wa wi a candy fag hingin fae his lips.

He must o snuck oot tae the corner shoap. A packet o Space Raiders is stickin oot his poacket. The wee green alien looks at Cathy. Scott's no bothered by the stane cross peakin through the church trees tae the school.

Cathy hus a piece and jam in wan haun and chalk fur a hop-scotch in the other. A ginger boy in a dirty uniform and a girl wi blue ribbons in hur broon hair stoap tae watch the commotion.

'Let's play a game,' Scott says tae Cathy, droppin his fag oan the groond. 'Since ah've been banned fae the fitbaw pitch, ye cannae say naw.'

Scott grabs the chalk and piece oot o Cathy's hauns. He stuffs the piece intae his mooth in wan bite. Jam dribbles doon his chin. Cathy gulps. He's bigger than hur in every sense o the wurd. She wants tae run, but she's glued tae the groond like in a bad dream.

'Dinnae let hur go anywhere,' Scott says tae the reid-heided boy.

He nods. The girl wi ribbons in hur hair blows a pink gum bubble.

Scott walks ower tae the other side o the playgroond, a few fit away fae where the heidmaster Mr McDonald is standin, and draws a white cross oan the groond. He struts back ower tae the group wi chalk oan his troosers.

'Richt Cathy, let's see whit yer made o,' he says, pointin tae hur feet. 'Ah promise ah'll leave ye alane if ye kin kick yer shoe aff and get it closer tae the cross than me.'

Cathy opens hur mooth tae speak, but nae wurds come oot.

'Whit's that?' Scott says raisin an eyebroo.

'Nought,' Cathy replies.

'Ye go first.'

Cathy looks roond. The ainlie teacher in the playgroond is the heid, and he's moved as far away fae the cross as he's gaun. She bends doon tae unbuckle hur shoes. Wance the buckles are loose, she staunds. *God sees everyfin*, she finks, but at least she's no quite in his hoose.

'Ready?' Scott smirks. 'Three, two. . .'

Cathy takes a deep breath.

'Wan.'

She kicks aff hur shoe as hard as she kin. The group follows it wi their eyes. Cathy freezes when it flies in the direction o Mr McDonald. She prays it'll hit a wean insteid. But she's huvin nae luck, and it lobs him ower the back o the heid. He turns roond then lowers his broos when he realises he's been hit wi a shoe. The whole playgroond freezes like a concrete photie.

Scott laughs. 'An eye fur an eye,' he says.

Cathy finks o hoo upset hur mammy wis when she broke a skippin rope and the school asked hur tae pay fur it. This is gonnae be a hunner times worse. She cannae pin it oan Scott either. She's the wan wioot a shoe.

Mr McDonald approaches hur. She bursts intae tears.

'What did you do that for?' he says.

The truth and shame the Devil, Cathy reminds hursel again.

'Scott said he'd leave me alane if ah gat it close tae the cross,' she says, pointin in the direction she'd fired hur shoe.

Mr McDonald looks at Scott. He notices the chalk oan his troosers.

'My office,' he says, voice deepenin. 'Now.'

'But. . .' Scott trails aff.

The bell rings. Mr McDonald looks at Cathy. Hur face is reid and wet.

'Cathy O'Kelly, away with you to class.'

The Big School

2007

THE BIG SCHOOL is gonnae be different, ah tell masel, lookin at the yella and grey concrete square. Ah willnae be bullied oot o this wan fur bein a moosey lassie who doesnae care aboot boys, fitbaw or make-up.

Everywan ah've seen so far hus a big smile oan their face, fur aw ah'm sure the cliques huv their problems, and the air oot here in the countryside is cleaner than the sooty shite in Thistlegate.

Boys kin dye their hair firey-reid; lassies kin wear corsets if they fancy it, and naewan looks twice if yer an emo wi My Chemical Romance Tipp-Exed oantae yer bag. Somewan oan the other side's lookin oot fur me. Ah'm fifteen and gettin a chance tae prove masel afore the inevitable stress o ma Standard Grades. Everwan else is fourteen. Ah wis held back a year efter bein hameschooled fur three.

When ah first came up fir a tour o Bonnieburgh Academy, ah breathed a big sigh o relief. Ah knew ah'd be safe. Twa boys wur kissin. Naewan would o stood fur that at the other big school – the wan deemed too rough fur a moosey lassie like me.

That's no tae say that ah'm no nervous. But Mr Broon said ye cannae get lost here. No when the school's jist a square. He telt me tae keep gaun roond in circles, and ah'll find ma classes eventually. That wis his advice.

Third Years huv it easier an aw. We've been lined up like wee soldiers in front o yella metal poles that huv seen better days. That's the school colour – well, yella, grey and black – but there's no a section o paint that's no cracked. Ah resist the urge tae bite ma nails.

'Welcome to Bonnieburgh Academy,' Mr Broon says afore walkin up and doon the lines like a sergeant.

Maist o the pupils huv split aff intae groups wi their pals, and then there's me, Cathy Nae Mates. But ah cannae be the ainlie wan. Mr Broon telt me there's a few new starts, even at ma age. Ah take a breath and remind masel that cream always rises tae the toap.

'Hello,' says a voice behind me.

Ah turn tae a friendly-lookin ginger lad. He puts me in mind o Ron Weasley. *Does that make me Harry Potter?*

'Hey,' ah say. 'Ah'm Cathy.'

'Harry,' he says.

Whit are the chances? ah fink. Ah keep ma lips sealed aboot the Ron thocht. The poor lad must get it aw the time.

'You're not from here, are you?' he asks. 'We seem to get a new face every year.'

'Naw. A wee bit further doon the road in Thistlegate.'

'Oh! I love to go swimming there.'

'Ah heard there's a pool here,' ah say, hopefully.

He shakes his heid. 'Mair like a glorified puddle.'

Ah laugh. A pal and we've already gat sommat in common. Ah always appreciate folk wi a sense o humour.

There's a group o lads in Lacoste trainers and Burberry caps behind Harry. Ah get the fear. Their school ties are done up at hauf mast.

Harry turns tae look. 'Don't mind them,' he says. 'The bams. They won't bother you unless you bother them.'

'They look like they could be in the HYT,' ah say, afore addin, 'The Hilltop Young Team.'

'It's called the YMD here,' he laughs. 'The Young Miltonburgh Derry.'

Ah keep the fact that the YMD sounds like the YMCA tae masel an aw, jist in case. Ah still look like a teacher's pet, even here, at the posh school. Ma lang, black hair's scraped back intae a ponytail, and ah'm wearin everyfin listed in the haundbuik doon tae ma thick, leather Clarks shoes, which, admittedly, ah'm startin tae regret.

Ah know some cool folk, sorta. They're oan the internet. But ah'd still gane alang wi Mammy's preferred choice o fitwear. If ah'm honest, ah dinnae fink ah could pull aff anyfin else. Poor Granny Cathy micht huv mastered the art o kitten heels at ma age, but deckin it oan ma first day wis a risk ah wasnae prepared tae take.

Ah sound different fae everywan else, and ah'm layin it oan a bit thick like the bams at the wee school used tae dae. Everwan here sounds so posh. The last fing ah want is tae look like the weakest link. If folk are a wee bit intimidated by me, they willnae gie me grief. Ah hope.

It's no that ah cannae speak proper English – ah kin – but Scots is ma language, and ah'm prood o it. Even if maist folk hate Scots when it's spoken and celebrate it when it's written doon like Burns. If ah'm no gettin grief jist fur bein masel, then ah'll gie it laldy wi the best o them. Mind ye, ah'm aboot as scary as a feral hamster.

But ah'm huvin a guid swatch o the other lassies, and ah'm definitely no the ainlie wan. Ah'm far fae gettin an invite tae join the in-crood, but ah'm no quite a reject either.

A plukey girl wi lang, black greasy hair walks up tae Harry. She looks at me.

'This is Ruth,' he says. 'Last year's newbie.'

'Hey,' ah say. 'Cathy.'

She avoids makin eye contact wi me. Harry must huv a heart o gold tae humour a lassie like hur. She wouldnae huv lasted five minutes in the wee school.

Ah hate tellin folk ma name. Ah'm named efter ma Granny Cathy, ma Poor Granny. She's as common as muck and well intae hur seventies noo. But it's no a name fur wee lassies. Ah should be callt Carole-Ann, Lindsay, or sommat like that.

The bell rings, and ah follow the others tae the assembly hall. Ah'm haunded a map o the school by a specky wumman wi short, curly grey hair who puts me in mind o ma wee Poor Granny even though she's taller than me. She's takin nae chances.

Ah've English fur ma first period. *Ya dancer*, ah fink. Harry and Ruth huv music fur their first periods. Nae luck there. Well, when it comes tae Harry anyway.

* * *

English is the ainlie subject ah'm guid at. There's posters oan the classroom walls fur *Death of a Salesman*, *The Tempest* and *Macbeth*. Ah've no read any o them yet. Ah sit at the back o the room, avoidin the eyes o anywan who looks like they'll gie me a hard time.

The teacher welcomes us wi a smile and starts explainin whit we'll be gettin up tae. A shiver o excitement runs doon ma spine. It sounds amazin – writin and readin a buik callt *Underground to Canada*.

A lad wi lang, broon, moosey hair saunters intae the room, late. He'd huv gat his marchin orders in the wee school, but the teacher says nought. He's hidin behind his big emo fringe and sits in the ainlie empty seat next tae me.

He takes a jotter that looks like a dug's dinner oot his bag and avoids eye contact wi me. The boys at the wee school would've hud a field day wi him.

'You have your first double period of English next week,' Mrs Smith says, 'and we're going to use it as an opportunity to assess your writing.'

Ma ears prick up. It's ma time tae shine.

The wee school wis a richt mess. The teachers put me intae the bottom group fur everyfin because ah come fae a richt workin class family, even though ma Mammy's a teachin assistant. Naebody knows shite aboot me here. Ah'm gettin assessed oan ma ain merit.

It's ma dream tae be a proper Scots writer, and if these teachers are worth their salt, ah'm gonnae get a chance tae chase it wi ma creative writin.

Mammy hameschooled me fur three year, fae when ah wis twelve tae fifteen, because she couldnae afford a private education. There's ainlie so much a single Mammy kin dae when she's workin part-time. She didnae want tae throw me tae the dugs at St Mungo's, the school ah should o gane tae. It would o been like sendin a lamb tae the slaughterhoose.

Ma wee sister Morag gat tae go there though. We are like chalk and cheese. She's twelve and cool by Thistlegate standards. Mair like a cheeky wee bugger. She's gat whispy ginger hair that's licht compared tae mine and a face full o freckles. There's no a pluke in sicht. Yet. Mammy's gaun through the mill wi hur richt noo. She's scared she'll run riot wi the Young Team even though she's ainlie startin First Year the day.

Morag lost it when Mammy suggested that she came tae Bonnieburgh Academy wi me. She said it's a school fur freaks.

A lassie raises a haun afore the teacher's hud a chance tae finish speakin.

'Yes,' Mrs Smith says.

'What kind of writing will we be doing?' she asks.

'Personal writing! So there's no need to worry about it. There won't be any set parameters, either. I want to see what you come up with off your own backs. I'll give you a wee head start though,' she pauses.

'*Wee*,' ah fink tae masel. *She used the wurd 'wee'!*

Scots is a funny language. Everyfin jist sounds mair lichthearted compared tae when ye talk in English. Maybe she'd huv understood why ah laughed at the wee school when

Mrs Clark said the Young Team hud nicked the alloy wheels aff hur motor.

'We're going to be writing about Scotland. Specifically, your special place in Scotland,' Mrs Smith says.

Ma eyes faw oan the lad next tae me. Ah've awready dubbed him the Grim Reaper oan account o his black hoodie, greasy hair and unwillingness tae look at anyfin but the flair. Ma eyes widen when ah realise he's scrivin poetry at the back o his jotter, bold as brass. Fae the looks o it, it's as depressin as puck.

Poor Granny says 'puck' insteid o the F-wurd. Ah'm takin a leaf oot o hur buik there. No that Mammy would see puck as much different fae the F-wurd.

But ah'm fifteen, and it's hardly rebellion by the standards o maist folk ma age. Ah could be gettin up tae aw sorts. Ah'm sure Morag is. Ah doot she'll say naw tae a fag if it's affered. Ah dinnae fink anywan would huv the mind tae affer me wan.

'Now, as most of you are from different registration classes, and I've only taught 2A before,' Mrs Smith says, lookin at the lad next tae me and smilin, 'I'm going to come around and have a word with anyone whose name I don't know. Feel free to tell your desk partner about the best book you read this summer while I make my way around the class.'

The lad covers a line that reads 'My life is a coalescence of darkness' when he clocks me huvin a swatch.

'I'm Cathy,' ah say.

'Dorian.'

Ah cannae decide if he's nervous or finks he's too guid tae gie me the time o day.

'Are ye foreign?'

'No,' he says, lowerin his voice. 'It's Mark, on paper. But that's what you can call me.'

'So, whit wis the best buik ye read this summer?' ah ask.

'*The Picture of Dorian Gray*. Oscar Wilde.'

'Oh wow. Ah enjoyed that wan when ah read it a while back. It wis Burns fur me.'

'Burns?'

'Aye. The poet?'

'Ah, yes,' Dorian says.

There's nae tone in his voice. Ah kin tell he is lookin doon his nose oan me awready – likely because o hoo ah talk. There's nought wrang wi Burns. He's ma favourite writer. He likely spoke like me, and he's the Bard fur a reason. Burns is much better than Jacqueline Wilson and hur buiks aboot folk callt Vicky dyin and mammies covered in tattoos. No that ah'm no partial tae the odd episode o *Tracy Beaker*.

'What's your name?' Mrs Smith asks.

Thank God, ah fink, lookin up. Talkin tae Dorian's like tryin tae draw blood fae a stone.

'Cathy,' ah say, smilin.

'Welcome to Bonnieburgh Academy. So tell me, do you enjoy English?'

Ah smile.

'It's ma favourite subject,' ah say. 'Ah love Scots. Burns and Liz Lochhead. It aw started wi Jack and Victor. Ye know *Still Game*?'

'I can't say that I do, but I do like Burns.'

Ah smile.

'Nice to see you again, Mark,' she says tae Dorian.

Mrs Smith leaves, and it's jist me and Dorian – or Mark – again. Ah look at the clock. Time's passin as slow as a day in the jail. Ah dae ma best tae make small talk afore the bell.

'Well, see ye fur the double, Mark,' ah say, throwin ma fings intae ma bag.

'It's Dorian.'

Touchy bugger.

* * *

There's sommat funny aboot Dorian, ah fink in PE. He's tried tae reinvent himsel at the big school by changin his name. *But why?*

The closest ah've came tae reinventin masel hus been oan a David Bowie forum ah foond by chance oan the library computer. Ah picked a photie o Marilyn Monroe as ma display picture. Ah've always liked hur efter ah saw *Some Like It Hot* and callt masel 'Glitter Toon'. The name seemed glam. Glasgae's a world away fae any Glitter Toon.

Ah've never posted oan there, but ah've spoke tae a person callt RingoStar a few times. They sent me a direct message aboot a year ago, welcomin me tae the forum and bein nice fur the sake o it.

Turns oot RingoStar is transgender. Ah didnae know whit it meant, properly, until then, even though ah saw the start o a fing oan the telly aboot a lassie who used tae be a lad. Mammy turnt it aff.

He sent me photies he thocht would cheer me up when ah said ah wis huvin trouble at school, even though ah didnae gie the grisly details. Wan wis o bubbles, the other colourful balloons and then this braw photie o the sky.

Ah've changed a bit since the wee school in that sense. The fact ah'd the guts tae speak tae Ringo wis proof, even if ah resisted the urge tae make a thread – that where ye kin discuss fings wi others. Ah felt like the parish's puppet at the wee school, even though ah wasnae always dancin tae the priest's tune. It did me the world o guid interactin wi a world elsewhere.

Internet pals arenae real though; ah know that better than anywan. Mammy let me keep ma wee cat Tammie Norrie – that's the Scots fur Puffin – because o whit happened. She's awfae hoose prood, but she knew ah wis lonely efter the wee school so she caved when ah brought him hame. No that we needed another mooth tae feed.

Ah fink ye kin tell we come fae poverty, oan Mammy's side at least. Wur a bunch o skinny-malinkys, me, Mammy and Morag. Mammy's gat a bony neck an aw, but ah reckon hur broon hair makes up fur it.

Ma PE teacher's name is Miss Bruce. It sounded like a joke when ah read it oan ma timetable. Big manly wumman an aw. Ah felt better aboot the size o ma chest when ah saw hur. Grawn up and wi nought tae show tae the world but two flat pancakes under a Partick Thistle strip.

Fitbaw strips wur banned at the wee school. They caused too much trouble, even though everywan knew tae say they supported Celtic and didnae know why. It didnae matter if ye didnae watch the fitbaw. Ye wur a Celtic fan. End o story.

We're daein the trail run fur PE. It's through a forest, and ah'm determined tae show aff ma endurance skills. Runnin is the ainlie fing ah wis guid at at the wee school, even though ah knew ah'd a talent fur the writin. Well, ah fink ah dae. It's whit ah love and there's a sayin ah've taken tae heart that goes: 'An amateur is a professional who didn't quit.'

Ah didnae huv much o a choice when it came tae ma Standard Grade classes – no when ah'd been hameschooled. Mr Broon put me intae the classes that would be the easiest tae catch up wi since ma Mammy taught me a bit o everyfin – maths and biology aside, which ah'd actual tutors fur.

Miss Bruce blows hur whistle. There's a lassie in front o me, and nae matter hoo hard ah try, ah cannae beat hur. Mind ye, she's gat an advantage. This is hame turf fur everywan but me. Ma estate's miles away.

She's gat gorgeous lang broon hair. Ah fink o mine. It's shoulder length. The hairdresser up the hill wance straightened mine. It looked jist as guid, and ah didnae want tae get it cut then, but Mammy insisted.

'It's like rats' tails maist o the time, Cathy,' she'd said. 'Ye cannae manage it.'

Turns oot the boys are daein the trail run an aw. It isnae lang afore ah pass twa o the stragglers. Dorian and a goth.

He must huv been forced intae takin Standard Grade PE. This is aboot as far away fae Dorian's scene as a Cascada concert.

Ah dinnae class Dorian as a proper goth compared tae his pal. This lad's wearin eyeliner, whit ah kin ainlie assume are fake tattoos and a The Cure T-shirt under his uniform.

Dorian's eyes are oan me as ah run past. He's walkin alang the trail, despite bein a big lanky bugger who could probably gie maist o the lads in his class a run fur their money in the speed department.

'Come oan, Cathy,' ah pant. 'This is yer new start. A chance tae show everywan whit yer made o.'

There's a sharp cramp in ma side. Ah ignore it. Ma shirt's wet wi sweat, but ah'm hot oan the heels o that other lassie noo. She beats me by the skin o hur teeth.

'Ah'm Caitlin,' she says efterward. 'You did well.'

Ah'm so oot o breath that ah cannae reply. She's barely broken a sweat.

Ah'm no sure whit tae fink either. Oan the wan haun, she seems nice, but it's hard tae take anywan at face value when ye've been bullied oot a school.

Ah spend lunchtime wi Harry and Ruth, and they tell me that a lad in their class calls himsel Scout when his name's Daniel. Clearly, changin yer name's a fing. Scout sounds a bit edgy though. Dorian's jist weird fur somewan ma age.

It's no jist that either. Ah've read *The Picture of Dorian Gray*. Dorian wis awfae. He micht o been handsome, if the buik's anyfin tae go by, but his soul wis blacker than black and that's nought tae aspire tae.

* * *

'Meep meep,' says a voice as ah walk oot the school.

Ah turn. It's Dorian.

'You were like Roadrunner on the trail today,' he says.

Ah laugh.

'Ah cannae say the same aboot ye,' ah reply.

Ma nose twitches. It's a roastin August day, and the bugger husnae changed oot his gym clothes. Insteid, he's jist put his school shirt back oan toap o them. The curry smell gies me the boak. Ah turn ma heid tae get a moothful o the fresh, country air.

'I don't want to be part of things like that,' Dorian says, no noticin. 'All the boys trying to be the fastest and the strongest. It's just not for me.'

'Fair enough,' ah say.

Mammy's always said ah'm as deep as the ocean. Ah'd huv said the same aboot Dorian if it hudnae been fur that conversation. The bugger hud nae qualms aboot openin up tae me.

'Ye seem fair intae yer English though,' ah say afore an awkward silence descends.

'It's my dream to be a writer,' he says.

Hm, ah fink. *He should o callt himsel Oscar then. That's a well nice name.*

'Same,' ah reply wioot finkin.

He raises an eyebroo and smirks.

'What kind of writing?'

'Writin that makes folk laugh, especially when it's written the way they talk.'

'Sounds like you want to be a comedian.'

'Naw,' ah say, firmly. 'It's the writin ah'm intae.'

Ah'm at Mammy's car afore Dorian hus a chance tae reply. Ah gie him a wave and open the door.

'A new pal?' she asks.

'Ah've nae idea,' ah say, lookin at Dorian through the wing mirror. 'He talks like he eats pages fae the dictionary fur breakfast.'

Mammy laughs.

The Wee School

1999

AH COULDNAE EVEN sit through mass at the wee school wioot drawin aw eyes tae me. Ah wis sittin oan the manky wooden flair, lookin desperately at the clock while Faither Murphy said his piece. Ah'd a tickle in ma throat and ah wis tryin no tae cough and splutter, never mind say the *Our Father* wi the rest o them.

Ah must o looked like wan o those pufferfish as ah sat there, cheeks inflated and legs crossed until ah couldnae hauld it in any langer. Faither Murphy gied me daggers fae the school-stage-turnt-pulpit, and ah thocht, *well, that's ye gaun straicht tae Hell as well as gettin bullied tae buggery, Cathy.* Naw that ah knew whit 'buggery' meant then. Even noo, ah'm no sure. Aw ah know is that it's naewhere guid.

'Cathy,' whispered a voice. 'Cathy, go to the nurse's office.'

Ah stood and shuffled oot the gym hall.

'There's no I in "Team"' read the biggest poster oan the wall as ah walked tae the nurse's office. A sugary smell wis comin fae the dinner hall. *Mrs Gary must be makin tablet*, ah mind finkin. Mammy furgat tae gie me ten pence fur a square that day, even though it helped soothe ma throat.

Posh Granny is always guid at gien me sweeties, but it's Poor Granny and Granda who are mair useful as they actually slip me money.

Ah sat doon oan the big, reid bed in the nurse's office. Wioot a wurd, she haunded me a wet paper towel. There wis nought in the wee school that coudnae be fixed wi a wet paper towel. Ah cough intae it.

'Oh my,' the nurse said. 'Open wide.'

She hud a lollipop stick in wan haun. She put it oantae ma tongue.

'Say ahh.'

'Ahhhhhhh. . .'

'Just as I thought. Tonsillitis. You'll need to get your mammy to take you to the doctor.'

Ah nodded, afore realisin it wis a Friday and that meant ah hud tae read aloud.

'Whit aboot readin?' ah asked. 'Kin ah still read?'

'Of course, you can,' the nurse said. 'Your teacher will have seen you coughing away in mass. Nothing to worry about if your throat starts playing up. You won't get into any trouble.'

Ah looked at ma feet and sighed. Ah micht no get intae any trouble, but that teacher knew ah come fae nought, and ah wis determined tae get intae the toap English group. That's the key tae bein a writer, even if ah hudnae discovered ma love o Scots back then.

Ah'm no daft, and ah wasnae daft even at the wee school. Ah kin speak proper when ah put ma mind tae it.

It made no sense tae me that oor language class wis callt 'English' and no 'Scots'. It's no like folk roond here are particularly fond o the English anyway. Ah mind askin Mammy why it wis callt English and she laughed.

The teacher hud the wrang idea aboot ma abilities because she'd met the lang line o McDuffs – that's Mammy's family – who came afore me. We're no daft, but, Mammy aside, the McDuffs wurnae the maist academic bunch, even if Daddy's family, the O'Kellys, wur comparatively posh. The teachers at the wee school wur snobby like that.

'If ye cannae speak properly, ye willnae be able tae spell properly,' Mammy said aroond then, lang afore ah discovered folk who wrote like ah talk.

Ma Posh Granny Helen spoke properly, but ma Poor Granny Cathy spoke jist like me and naewan gied hur grief fur it.

'It's wa-t-er,' Posh Granny said. 'Not wa'er.'

Ah felt bad. Usually, ye know when yer daein sommat wrang like nickin a Bubbaloo fae the corner shoap or puttin money in yer piggy bank insteid o the plate at mass. But ah gat telt aff fur jist sayin wurds – and they wurnae even bad wurds.

Ah asked Granny Helen fur some bu'er oan ma toast, and ah couldnae even dae that richt. Granny Helen is so different fae Granny Cathy. She's gat dyed broon hair and mair bits o jewellery than ah kin count. Granny Cathy's hair couldnae be whiter. Ah've ainlie ever seen hur wearin a cross.

'It's buTTer,' Posh Granny replied, shakin hur heid.

Ma eyes welled up. Ah sometimes felt like ah couldnae sayfin richt roond hur – back when ah still cared aboot the wurds ah used in hur company. Ah stoapped carin when ah discovered Burns wrote hoo ah talk.

'Ladies,' she said, afore pausin, 'and you will be a lady one day. Mark my words. They need to speak properly.'

But even though ah wis always gettin telt aff fur hoo ah spoke, it wis a rare day when ah didnae get full marks oan ma English spellin tests, and ah could wipe the table wi everywan else when it came tae personal readin.

Nane o it mattered though. Ah talk the way ah talk and that wasnae guid enough fur ma teacher. She thocht ah talked like a lassie who should be in the bottom group and that's where she wis determined ah wis gonnae stay, even efter ah won Story of the Week.

She said ma English wis aw ower the place when ah read it oot loud. But ma class thocht it wis so funny that they picked me as the winner. That wis afore the bullyin.

'Water,' ah said tae Posh Granny.

'Much better.'

'Why dae ah no speak like ye?' ah mind askin.

'It's. . .' she pauses. 'Your house. It's not an address.'

She pointed across the street. Aw the hooses in hur road hud names like St Leonard's and Forest Stone. Oors jist huv numbers.

Ah telt Mammy whit Posh Granny Helen said, and she hud an Annie Rooney. Daddy said tae pay hur nae mind. He said his mammy wis born wi a silver spoon in hur mooth, and she wis too auld tae change.

But Mammy comes fae nought, and she wis almaist as bad as Posh Granny when it came tae correctin the way ah talk, even though ah telt hur time and time again that ah cannae help it.

Lookin back, ah know Posh Granny didnae mean any harm. If ah did mair than put oan proper talkin occasionally, it would probably dae me the world o guid – but ah love Harry Potter, and if that specky bugger is anyfin, it's true tae himsel.

Daddy wis true tae himsel an aw. He rode motorbikes and hud tattoos oan his arms that ah couldnae read wioot squintin ma eyes. Daddy hud dark hair as well and the thick eyebroos ah've inherited. Mammy said Daddy's tattoos wur the ainlie fing she didnae like aboot him. He wis ma hero. Ah'd dae anyfin tae huv wan mair day wi him.

He wis so different fae Mammy. Jesus didnae dictate his life, and their whole relationship wis a testament tae the sayin that opposites attract.

* * *

'Cathy hus the plague,' Cameron McGlinty joked at playtime.

Ah shook ma heid. We wur as thick as thieves until Primary Twa. Then it wasnae cool fur lads and lassies tae be pals anymair, and he took up wi ma first bully, Scott. Ye hud tae stick tae yer ain. It wis aw but game ower fur me efter that.

'Ah've jist gat a bad throat,' ah replied. 'The nurse said it's ma tonsils.'

Ma pal Mary took a supportive step closer tae me. Barry didnae argue wi that. He droapped the fitbaw in his arms and walked ower tae the grey fitbaw pitch.

'Who dae we love?' the lads shouted. 'NOT THE KING. NOT THE QUEEN. AINLIE ST MARGARET'S FITBAW TEAM!'

Ah whispered tae Mary that St Margaret doesnae huv a fitbaw team. No accordin tae the *Book of Saints* that Mammy gied me fur ma confirmation.

Me and Mary sat at a bench, and ah took oot ma copy o *Harry Potter and the Chamber of Secrets*. She tucked intae a Lunchable. Ma stomach rumbled. Ah ignored it.

Ah'd been practicin ma English ower and ower again, ever since ma teacher said she'd ainlie fink aboot puttin me intae the toap group when ma readin aloud wis up tae scratch.

Ma life would o been a hunner times easier if Posh Granny Helen didnae live oan the coast. She'd love nought mair than tae gie me aw the talkin lessons in the world and train ma Scots tongue richt oot o me.

The other lassies and lads whose parents hud bigger cars than ma Mammy hud nae problem speakin the way the teacher wanted them tae. But nae matter hoo hard ah tried, ah wis the world's worst actress when ah tried tae put it oan.

Mibbie ah'd huv talked mair proper English if Daddy wis still around. He didnae sound quite like Mammy, even if he'd huv hud tae watch his tongue if he ever hud an audience wi Big Lizzie.

Ah hud tae persevere.

Write in English

2007

AH FEEL RELAXED oan ma second day at the big school. It's gonnae be a piece o cake – in the Young Team department, at least. Mibbie folk are a bit mair mature at fourteen than they are at twelve. Even Mammy said that at this age, they huv bigger fish tae fry. Ah'm technically the maist mature, if age is anyfin tae go by. God knows ah've been aged by ma troubles an aw.

'Is that yer boyfriend?' a voice says efter regi when Dorian walks up tae me.

Ah laugh. If it hud been anywan else, ma cheeks would be beamin – or worse, ah'd huv been shakin because ah'm an awfae worrier. But Dorian looks like he's been dragged through a hedge backwards. Ye'd huv tae be oan the wacky backy, as Mammy says, tae look twice at him. *Ah wonder whit the wacky backy is.*

His broon fringe is stuck together in clumps, and he must be oan the sweeties because his plukey face doesnae just put me in mind o a pizza, it reminds me o a volcano wi the scabs that huv appeared owernicht. He still smells like a curry an aw – a stale wan. Like the kind they sell at the dodgy Indian next tae the garage, the Indian wi maggots in the rice. He cannae huv changed his shirt fae yesterday.

Ah'm no feart o the bams at the big school. At least no richt noo. Fae whit ah've gathered, the maist they get up tae is playin truant and smokin doon the woods. The bams at ma auld school were bloody arsonists.

Jist afore ah gat pullt oot because o the bullyin, they threw a firework intae a bog. Hoo a bunch o twelve-year-aulds gat a hauld o a firework is beyond me, but they did. Blew the cistern clean aff.

The school ended up gettin flooded by the sprinklers, and we spent aw efternoon oan the fitbaw pitches, near enough catchin oor deaths, as firemen swatched o every nook and cranny o the school until they found the blown-up bog.

Ah sit in double English, tryin and failin tae brush aff hoo anxious the boyfriend comment is makin me feel. *Is history aboot tae repeat itsel?* Ah hate bullies and hoo they pass everyfin aff as a joke even when ye know it isnae.

Ah wish ah could spend mair time oan the David Bowie forum, but gaun oan sommat like that at hame is a massive nono. Ah ainlie get an oor oan the internet at the library, but it's like ah'm sort o pals wi folk oan there, even if ah huvnae said a wurd tae anywan but Ringo.

The forum is maistly threads full o artwork and sang recommendations. Naewan seems tae care who is gaun oot wi who. But then again, why would they? Folk oan there come fae aw ower.

Ah avoid eye contact wi Dorian when he sits next tae me. Fur aw beggars cannae be choosers, he isnae gonnae be ma best pal if ah kin help it. Especially if, God forbid, folk fink ah fancy a specimen like him.

Ah look at Dorian's Converse. The soles are tryin tae make a break fur it. And tae fink this boy hud the cheek tae talk doon tae me fur speakin and writin in Scots. *Ah'll show ye*, ah fink, scribblin away oan ma lined paper.

Burns is the Bard fur a reason, and Mammy said this wis a toap school.

Ma eyes eventually drift tae Dorian's jotter. Surprise, surprise, he's writin aw aboot himsel.

Ah swear there's a scab fae Dorian's face oan the desk. Ah look up at the clock, wrackin ma brain fur ma best Glasgae patter as ah write.

Ah look roond. There are plenty o friendly lookin lassies and some huvnae found their clique yet – at least not in this class. It's jist ma luck naw tae huv Harry and Ruth in maist o ma classes. But mibbie the teacher will split us aff intae groups, and ah'll get a chance tae know them an aw. God knows ah'm no gettin stuck wi Dorian.

Mammy said boys arenae oan a level wi lassies, although ah wonder if Harry could be an exception. She said lassies grow up faster and that wis part o the reason why ah'd the mickey ripped oot o me in the wee school.

Ah cannae risk gettin held back like that, especially when ah'm as green as ah'm cabbage lookin.

'OK, Third Year, are you ready to write about your special place?' Mrs Smith says.

'Naw' isnae exactly an option.

Ah know whit tae write aboot. Posh Granny's hoose by the sea. Ah love Scotland; no that ah've hud a chance tae live elsewhere, but ah dae. Ah love that 'braw' is a wurd, 'dreich' too, and that 'ye cannae throw yer granny aff a bus.'

The wee school wis shite in a lot o ways, and ah hated ma teacher wi a passion, but she did introduce me tae singin in Scots, and ah've never furgat it. 'The Jeely Piece Sang' sent the class intae owerdrive. Ah thocht ah wis actually gonnae huv an accident when ah imagined that wee piece and jam hurtlin doon fae a high rise tae some hungry wean.

But it's Posh Granny Helen's hoose that ah huv tae fink o. Ah imagine the waves slidin up oantae the cobblestaned shore. The white, grey and black seashells crackin beneath ma feet. Mammy telt me never tae take it fur granted. Ah hope ah never dae.

Jack and Victor would've hud a field day in the amusements near Posh Granny's hoose. Fur aw they didnae huv a patch oan the wans in Blackpool, ah missed the hills whenever ah wis doon South.

'Dunoon's in Argyll and sits next tae the Firth o Clyde,' ah add, knowin the importance o facts. Ah smile. **'When walkin alang its beaches, ye kin hear, smell and touch the sea – well, as lang as ye dinnae mind gettin wet!'**

***

'Okay, Third Year. Now that you've written your stories, we're going to do a little peer assessment before I take them in for marking,' Mrs Smith says a guid oor later.

Ah put ma pen doon. A haun shoots up.

'Peer assessment?' a lassie asks.

'Yes, I want you to all be referring to the five senses in your writing.'

Ah roll ma eyes. She could o telt us this afore we started writin, but mibbie it's a test. She reminds us o the five senses oan the board.

'For the last twenty minutes, you're going to swap stories with the person next to you and give them three stars,' she explained. 'Two for what they've done well and one for what could do with improvement. But remember, they have to have used all five senses!'

Ma heart sinks. Dorian's gonnae rip ma story tae shreds. Efter aw, he wis huvin a go at me afore he'd even hud a chance tae read ma writin. Afore ah've hud a chance tae affer it tae him, he's swapped it wi his.

Ah start tae read. He's gat a talent, ah'll gie him that, and ah dread tae fink whit his first impression o ma story is. Ah fink ah've a talent an aw, but truth be telt, ah've no been the same since gettin bullied oot the wee school.

His story begins by describin him walkin through the local park up tae the loch. Every metaphor and simile is perfect, and he's used mair than a few wurds ah dinnae know. Ah resist the urge tae double-check their meanins in the dictionary.

Dorian loves Scotland an aw, in his ain way, but ah cannae get ma heid aroond the big, English wurds he's usin. Sure, he's mentioned the five senses, but it's aw a bit much, even fur a buikworm like me.

Scots comes mair naturally tae me than English, and ah fink ye kin tell fae ma writin. Ah've a bigger vocabulary in Scots and use mair idioms, as they're callt, compared tae when ah scrive in English.

'I've got no feelings,' Dorian wrote at wan point.

Ah furrow ma broos. He's flesh and blood like awbody else. Ah kin see him gien me less-than-flatterin feedback a mile aff, but ah dinnae want tae get oan his wrang side – and his work is impressive, awbeit a bit disturbin.

Whit happens tae a fourteen-year-auld tae huv them come away wi sommat like that? ah wonder. Nought guid. That's fur sure.

Ah look roond the room. A lad who's actually gat the emo look doon tae a tee slides a flip phone oot fae wan o his sleeves. His desk mate is strugglin tae keep it taegether. He snaps a photie o the teacher, heid oan hur haun as she reads a copy o *Othello*. They laugh.

Ah look back at Dorian's work. Ah cannae be like those lads. Ah need tae concentrate, tae fink o *sommat* that does the joab wioot blowin smoke up his arse.

'Great use of the five senses,' ah write, addin his first star. 'Good use of rhyme,' ah remark, alangside the second.

Ah struggle tae fink o a criticism. He's the teacher's pet. Ah'm a naebody.

'Neater handwriting.'

'Pens down, Third Year,' Mrs Smith says.

Ah dread tae fink whit Dorian's wrote oan ma paper. Mrs Smith asks the class if they're willin tae share whit they've written aboot. Ah raise a haun. Ma Poor Granda Billy always says fortune favours the bold. Ah've gat nought tae lose. Aw that time ah spent oan ma tod jist convinced me tae truly chase ma dreams. Granda Billy's the wisest person ah know.

Dorian's almaist certainly gonnae knock ma confidence. But at the end o the day, the teacher knows best.

'Yes, Cathy,' she says.

'Ah wrote aboot ma Granny's hame oan the West Coast,' ah say. 'In Scots.'

'Scots?' voices whisper.

The lad wi the camera phone looks like he's payin attention fur the first time.

'Like Burns,' ah add.

'Can you explain why you decided to write your story in such an unusual way?' Mrs Smith asks, eyebroo raised.

'Because naewan writes like they talk. Everywan's tryin tae be sommat they're no.'

The lad wi the phone nods. The teacher pauses tae fink.

'Scots. . .' she says.

'Whit's that?' asks a bam.

'Writing like you talk,' ah reply.

Ah mind showin ma Poor Granny Cathy a story ah wrote wi big wurds and she telt me it wis a lot o rubbish. 'Yer a teenager,' she said. 'Lassies yer age are meant tae huv fun wi their imaginations, no get their knickers in a twist ower fings even adults dinnae know.'

Dorian guffaws. The Young Team at ma auld school would o honestly hud this bugger fur breakfast. Ainlie a few o the lads in the class huv started developin, but he's awready gat a thick, ratty moustache.

Afore ah've hud a chance tae expand, the teacher says, 'Well, I'm looking forward to reading your story about your special place, Cathy.'

Ah smile.

'Okay, Third Year, what is everyone else writing about?'

Dorian's haun darts up.

'I'm writing poems about my special place. Loch Bonnieburgh. About how the colours of the dawn coalesced in a brilliant splendour as I contemplated the meaning of life.'

Ah raise an eyebroo. *Wis this bugger fur real? And does naewan get bullied at this school? Ah'm tempted tae start oan him masel.*

'Oh wow,' says the teacher. 'Do you want to share what the word "coalesce" means?'

Dorian looks at hur. He smiles like he thocht she'd never ask and takes oot a dictionary that's as ratty as his moustache. Post-it notes are stuck between every other page.

'Coalesce,' he says, openin the *Cambridge Dictionary*. 'It means that more than one thing comes together to make another. In my story, this is a new colour dancing across the sky.'

'Very good,' Mrs Smith says.

She wasnae so complimentary aboot ma work, but it's no like she's hud a chance tae read it yet. Ah stare aff intae space as other folk share whit they've written aboot.

Mrs Smith tells us tae swap feedback moments afore the bell rings. Almaist certainly tae spare any bruised egos. If somewan takes it the wrang way, they've time tae cool aff. Ah stuff ma story intae ma bag and walk oot the class.

Insteid o heidin tae music, ah go tae the toilet. Ah sit in the cubicle and read Dorian's wan star. Ma heart sinks.

'I couldn't get through this,' he wrote as his criticism. 'There was masses of dialogue, and the Scots just made it difficult to get my head around the few times you did use the five senses. WRITE IN <u>ENGLISH</u>.'

Ma eyes well. *Did this happen tae Burns, or am ah jist rubbish at writin?*

Dorian hudnae even gien me wan compliment, never mind the required twa.

Ah'm no the best lookin lassie, but ah'm no the worst either. Back at the wee school, they made me feel like the ugliest person in the world. Cameron must huv thocht it tae draw an ugly picture o me and then huv the nerve tae show it tae ma face. Ah've no felt shame like it ower sommat ah cannae change. Ah try no tae fink aboot it.

Dorian's wurds aboot made ma writin made feel the same way. Ah want tae huv hope fur the future, but ah dinnae. Ah cannae until ah've proved ah'm nae eejit academically.

Ah fear ah've made an awfae mistake writin in Scots.

Big Laddie and Wee Laddie

2004

IT WIS MA dream tae be in the toap English group afore ah went tae the big school. Mammy says ah'm clever, but ah've always been average – or worse. Fur aw ah'm convinced ah've gat some imagination oan me, even if it wis jist ma Daddy's opinion. He always said ah'd a rare imagination when he saw me playin wi ma toys.

Ah tried tae write a buik aboot ma favourite subject, the *Titanic*, at the wee school. Ah love that story, because there's somewan everywan kin relate tae oan that ship. Whether it wis the poor folk stuck in steerage hopin fur a better life in America or Madeline Astor, the young wife o the richest man oan the ship, Jacob, who wis expectin when it happened. Ah come fae nought, so it wis the poor folk ah related tae, as much as ah'd huv gien ma richt arm fur a first-class ticket.

Aw those folk experienced grief efterward, and nane o them saw it comin. Ah wonder if ah'd huv acted differently wi Daddy if ah'd known that wis the last day. Ah knew it wis comin. It's a funny wan.

It's been years, but it stings like it wis yesterday. Ah still huv nichtmares. Ah kin still mind hoo cauld Daddy wis in his coffin. Catholics hauld wakes when somewan dies, where ye get tae see their body wan last time. Ah mind the gold plaque wi Daddy's name oan it. The cross. The silk. That funny smell.

Maist folk oan the *Titanic* died, even if a few dugs made it. Mammy said she'd huv jist put me and Morag tae bed if we'd been oan the *Titanic*. Daddy died in his sleep, jist like Posh Granda did. Mammy said it was the best way he could o gone.

Ah've spent so many nichts finkin o the folk oan the *Titanic*, o their stories. Ah probably would o done a better joab o the project if ah'd been allowed the internet cable, but ah tried ma best aw the same. Ah wis cellotapin it taegether when ah heard a bang fae ootside.

The Young Team hud nicked a set o golf clubs, and wur takin whitever anger possessed them oot oan the neighbours' cars. Ah wis glad Mammy sold Daddy's car.

Ah fell asleep tae the sound o sirens. Raindroaps wur slidin doon the windae. Ah drew a boat wi a finger until ah noticed sommat glowin in the distance. The bams didnae jist gie the cars a wallopin. They'd set the bins up the flats oan fire an aw.

***

But when ah showed ma teacher ma *Titanic* project the next day, she haunded the pages back tae me covered in reid pen. Ah dinnae fink she even read it. She'd a go at me fur ma handwritin no bein neat enough and didnae say a wurd aboot the wurds themselves. She telt me ah wis tryin tae run afore ah could walk length wise.

Ah could o gret. It wis a story inspired by ma ain research and imagination, and she jist took a massive jobby oan it. Come tae fink o it, she didnae jist dae a jobby oan ma project. That would be too neat. She splattered watery diarrhoea aw ower it and the wee drawin's ah used ma best felt tip pens tae make.

It wis a first-person story. Ah wis awfae prood when ah understood the differences between the persons. That's when ah realised ah could tell ma *Titanic* story in Scots.

Ah wis smart enough tae realise then that the rich folk would o spoke the guid Queen's English, jist like Posh Granny. No that ah knew whit Scots wis at the time, but ah'd the brain tae realise that the workin class folk in steerage would o spoke like me, or Irish or Scottish Gaelic, mibbie, or other fings.

* * *

Ah didnae know Scots wis a real language until efter the *Titanic* incident. Ah jist thocht it wis hoo poor folk talked. A version o English, but English aw the same. But sommat amazin happened a week or so later. Ah'll never furget it.

Granda Billy knows hoo much ah love Jack and Victor and telt me that it's mair than jist Burns who writes the way he talks. He'd taken me up the toon fur a gander at the Transport Museum, pointin oot the auld orange and green Thistlegate tram. It wis so grand, like sommat oot the better worlds ye see in the pictures.

'Sommat that pretty used tae go through Thistlegate?' ah said, open-moothed.

Granda laughed.

'She's a beauty, even noo.'

He took a wee bottle oot his white jaicket poacket and put a finger tae his lips. He says the whiskey is his medicine, but ah've no tae touch it, or else ah'll get greasy hair like the scary pass keeper.

We went tae the Mitchell Library efterward. Granda knows hoo much ah love ma buiks. While ah wis busy browsin, he came up behind me wi a pressie.

'Ah've gat ye a present,' he says, pullin oot a buik. 'Well, it's yers fur the next two weeks anyway. Ah dinnae hink this wan's been oot the library in cuddies' years. Then again, folk arenae usin libraries like they used tae. A cryin shame. Mibbie they'll let ye keep it if ye take a shinin.'

He haunded me *Mary Queen of Scots Got Her Head Chopped Off* by Liz Lochhead. The pages wur yellad. Ah flicked through them, and ma eyes lit up. *Scots! And it's written by a lassie!* Ah'd ainlie ever read Burns until then and heard ma teacher's sangs.

'It's amazin, Granda.'

He smiled. Ma Granda hus the kindest smile ye ever did see. It's so gentle. He's always roamin aw ower Thistlegate and Glasgae, and ah could spot his white hair, smart shirts and blue jeans a mile aff. He's gat a white jaicket. Ah dinnae fink he ains another.

* * *

Ah read the Liz buik in wan week. Nought but Burns and Harry Potter hud captured ma imagination like that until then. There's ainlie so much a lassie fae Thistlegate could relate tae an orphaned boy at a magical boardin school.

There wur wurds in the buik ah didnae understand. Ah took it tae the local library. Mammy tellt me tae always write doon any wurds ah dinnae know. The librarian gied me the *Pocket Scots Dictionary*. That's when it hit me. Scots is a language. It's no jist fur poor folk and those who cannae speak English properly.

Ma favourite Scots poem is 'To a Mouse'. Ah relate tae Burns' wee timorous beastie as ah'd wan o ma ain – sort o. Ah named him Gus efter the moose in *Cinderella*, even though he near enough gied me a heart attack when he turned up rustlin in ma Rice Crispies wan mornin.

Mammy set trap efter trap fur Gus, but she wis never able tae catch him. Ah loved it when the wee fing made an appearance, but his days wur numbered wi Lottie, the neighbour's cat, never bein too far away. Wan day, he jist disappeared.

'Mammy, ye dinnae talk any different fae Jack and Victor when ye get gaun,' ah said the day ah finished the Liz buik. 'Whit's yer problem wi Scots?'

She patted the empty space next tae hur oan the couch. Ah sat.

'Miss Bert,' she said, narrowin hur eyes.

'Who?'

'Ma auld teacher. She must be six fit under noo, but the wumman wis a tyrant. She hud two belts, Big Laddie and Wee

45

Laddie, and ah gat aw too familiar wi Wee Laddie whenever ah'd the nerve tae say "Aye" insteid o "Yes".'

Mammy shook hur heid. This wis a big deal.

Wee Laddie and Big Laddie sound like Scots wurds if ah ever heard them, ah thocht, but ah felt fur Mammy. Maybe if she sees hoo great Scots kin be written doon, she'll realise that it's no jist fur Burns Nicht. Then she willnae mind me gettin in ma practice at hame.

Ah haunded hur ma story aboot the *Titanic*. Ah'd rewritten it and improved the project. Ah didnae mention that the teacher hud already taken a big jobby oan ma first attempt. She smiled. She's happy tae see me writin.

'Whit's this wan aboot?' she asked.

Mammy loved the story ah wrote aboot magic beans in Primary Four. It hud a man who wis hauf goat servin at the sweetie counter in the pictures and centred roond an unfortunate incident that saw ma wee sister Morag transformed intae a goldfish. That's the wan the class voted Story of the Week.

'The *Titanic*,' ah said, proodly.

'Well, ye've seen that wan aboot a hunner times,' she laughed. 'Did that buik ah picked up at the library fur ye gie ye any extra inspiration?'

'Oh aye. Ah mean, yes. Maist o the folk in steerage wur immigrants, so ah imagined whit it would o been like fur a poor Glasgae family tae be there. Just me, ye, and Morag.'

'Sounds like quite the story. A proper buik even!'

'They talk like us an aw,' ah said.

Mammy scanned the first page. She hauf smiled.

'Ye've some talent,' she said, then paused, 'but ye know whit that school is like. This is fine well at hame, but ye need tae write in full English there. Why don't you write sommat aboot the first-class folk who you've got speakin properly?'

Ma lip quivered. Ma teacher at the wee school didnae gie a fiddler's fart aboot whit wurds ah used. Aw she cared aboot wis hoo ah spoke when ah read aloud and ma handwritin.

'Mibbie the big school will be different,' ah said.

'Mibbie,' Mammy smiled.

Ah went upstairs tae let Mammy read the rest o ma story in peace, no hauldin oot much hope fur hur likin it. She's always said that when ye feel lost in life, ye should say yer prayers, so that's exactly whit ah did.

Ma cat wis watchin me, paws aw tucked up so he luiked like a loaf o breid. Posh Granny Helen said that means he feels safe wi me. Ah feel safe wi Puffin.

Daddy saw his wee cat – who wis also callt Puffin – afore he died. Ah'd gone in tae gie him a hug guidnicht, knowin that the Reaper wis oan his way, but huvin nae idea when. He telt me tae let the wee cat oot intae the gairden as ah left the room. We didnae huv a cat.

Ah didnae know Daddy hud a cat either until then. Granny Helen telt me Puffin wis their sea cat. That's whit Daddy used tae call him when he wis a wean. Puffin loved the water and would even go oan trips oan Posh Granny and Granda's boat. Granny Helen said Puffin even hud a wee dug's lifejacket, but she wasnae daft enough tae ever huv tae use it.

Ma Puffin wasnae daft either and gied me an affectionate lick wi his tongue that felt like sandpaper.

Ah wandered intae Mammy's bedroom and took oot an auld, dusty bible. Ah went back intae ma bedroom and grabbed ma wooden rosary beads, hauldin oantae them fur dear life.

'Glory be tae the Father, the Son and the Holy Spirit,' ah said, puttin the beads roond ma neck and openin the Bible.

Then the maist amazin fing happened. An auld newspaper clippin fell oantae the flair. Ah started readin.

A Bard's-Eye View of Scotland in 1967

Here's Rhymin' Rab! It's mony a year
Since I cast e'e on Scotland dear.
Gey aft I socht, e'er I cam' here,
To ken wha's boss!
Some chiel in London rules, I hear,
A Willie Ross.

The lass I see is braw like Jean,
But limbs nae langer blush unseen,
Wi 'dates' and 'discs' it's ill to glean
The tongue she speaks:
And I see mithers, far frae lean,
'Braid Scots' in breeks!

There's gey queer things aboot the toon,
Fell tramp-like craturs, locks fa'in doon,
An' wha's the lass an' wha's the loon,
I'm sweert to spear.
Can they be objects frae the moon?
I guess and fear.

I grieve John Barleycorn, auld freen,
'Mang ord'nar folk he's little seen,
Sair hauden doon his spirit's been
Wi' Budget's cross.
Near twa pound ten? I rubbed my e'en,
Whar's that man Ross?

And noo the Empire's days are ower,
In ither airts lie wealth and power,
But still to Britain tyrants cower,
Th' oppressed look back.
I'll toast my dear land's 'finest hour'
Gin I win back.

WT O'Kelly, *The Glasgow Herald*,
25th January 1967

Ah always hud ma doots aboot the power o prayers until
that moment. Then it dawned on me mair than it ever hud wi

the Scots dictionary. Ah couldnae make heid nor tail o some o the wurds in the poem. It wasnae in English.

Scots is a language, and wi a guid few reads, ah wis able tae understand the auld wurds scrived by ma Great-Granda. *Surely any teacher worth their salt would appreciate it?*

Ah hudnae even said wan proper prayer, and God hud answered it. Ah rushed doonstairs. Mammy wis deep in concentration, readin ma story.

Ah'll surprise hur afterward, ah thocht. But if the poem wasnae a sign that ah should hauld oantae ma dream o writin in Scots, ah dinnae know whit wis. Somewan oan the other side wanted me tae find it. The writin's in ma blood.

There wis a knock oan ma door. Mammy opened it and smiled.

'Ah fair enjoyed yer story aboot the *Titanic*,' she said. 'Aw o it.'

Ah waited oan the 'but'.

'Really?'

'Aye,' she said, grinnin. 'So here's ma advice. Play the game. Learn the guid Queen's English. Write and write until yer a master, and efter that, ye kin gie Scots slang a fair guid go. Yer jist a wee bit aheid o the game when it comes taw writin at the wee school.'

Ma heart sank. Ah knew better than tae open ma goab and tell hur that ah'd concluded that Scots is as much a language as English.

'But why can't ah gie it a go noo?' ah said, readyin the poem.

'Because that's jist no hoo the world works, hen, especially schools. If ye'd been taught by a tyrant like Miss Bert, ye'd understand.'

Mammy's eyes watered.

There's a time and a place fur everyfin, as she says. Ah kept Great-Granda's poem tae masel.

It's been gatherin dust under ma bed fur three year noo, but wan day, even if it's no while ah'm at the big school, it'll see the licht o day.

God knows the days o belts like Big Laddie and Wee Laddie are lang gane.

Playin the Game

2007

'AH'M NO FEELIN well,' ah say tae Mammy the Monday efter Dorian's feedback oan ma special place essay.

'Are ye sure?' she asks.

She'd made me burnt toast and butter fur ma breakfast. Ah love the smoky taste. It wakes me richt up jist like coffee does fur Mammy.

'It's no the bams,' ah assure hur.

She nods and gies the school a ring. Wee Puffin comes up tae me and rubs himsel against ma leg. Ah've never peed alane since ah gat him. It makes me fink o that sang, 'You'll Never Walk Alone'. Ah laugh. That wee cat is special.

Ah'd pullt a lot o sickies at the wee school. Efter Daddy died, it wis jist me, Mammy and Morag. But we wur lucky enough tae still huv Poor Granny and Granda, and ah loved gaun tae them when ah couldnae face St Margaret's. Posh Granny lived too far away tae be an option.

'Well, ye better go back up tae bed so yer fichtin fit fur the morra,' Mammy says, lookin at Puffin, who starts meowin fur a treat.

Ah nod and rush upstairs, takin a final grateful wift o the burnt toast and coffee that filled oor kitchen. Mammy's workin the day. She'll leave me alane.

Ah feel awfae, but at least ah've made a decision noo. Ah hate Dorian fur bein such a snooty bugger aboot ma Scots, but ah've enough o a brain tae realise ah need tae put ma Scots writin oot ma mind, at least until ah've some indication that it's no hated at the big school.

Ah've gat the absolute fear aboot ma special place essay and whit the teacher's gonnae say. So ah decide tae be inspired by Dorian. Ah couldnae deny he'd a talent. If ye cannae beat them, join them.

Writers write because they've gat sommat tae say. The wurds they say it in arenae aw that important.

Ah fink o *Harry Potter*. Ah saw sommat oan the telly aboot it gettin translated intae different languages. That wis proof that aw that matters at the end o the day is the story.

Ah pull oot a dictionary and start pickin oot the maist beautiful wurds ah kin find in the Queen's English.

Ah fear ma Great-Granda jist gat lucky. If he'd been mair than a wan-aff poet, ah'm sure Posh Granny Helen would o likely mentioned it. It wis a Burns-themed competition. Ootside o that, naewan seems tae gie a fiddler's fart aboot writin in their ain tongue. But ah hope ah'm wrang. Burns is the Bard fur a reason, ah tell masel fur the umpteenth time.

Plus, it's no like speakin Scots is aw that important tae keep safe at the big school either. Ruth is a sittin duck compared tae me, and she doesnae get any grief.

Ah fear the ainlie reason Jack and Victor seemed tae gat away wi gien it laldy in Scots is because they wur oan the telly, no a piece o paper. It's why Mrs Welsh sang hur sangs and didnae write anyfin like that doon. Burns and a few others seem tae be the exception when it comes tae scrivin Scots.

Ah hate maths, but awbody knows ye need tae get yer Standard Grade in it tae huv hauf a chance at a decent joab. Ah need tae play the game wi English.

'I am haunted,' ah write, channellin ma inner Dorian. 'A vessel.'

Jesus, ah fink, knowin fine well that ah probably shouldnae huv taken the Lord's name in vain, even if it's jist in ma heid. Ah need aw the luck ah kin get richt noo.

Growin up Catholic hus made me feel guilty aw the time. Ah know ah'm no perfect. Naewan is. But ah've gat the fear o God drummed intae me that ah'll huv tae suffer in the next life fur every sin ah've committed in this wan.

Writin like this feels awfae self-indulgent. Then again, Burns did write that his love wis like a reid, reid rose, and this isnae a stane's throw away fae that.

If ah wis writin in Scots, ah reckon ah'd huv started sommat aboot wee Tammie Norrie, the braw, bricht moonlit summer nichts. But no in English. No when it comes tae poetry – at least fae whit ah kin. It's fur the philosophers. The Shakespeares.

'Youth is everywhere,' ah add.

God. Ah'm a teenager. Ah dinnae feel like ah've gat any richt tae be philosophical. That's fur folk who've lived a little.

Ah've read Anne Frank's *Diary*. She's probably the ainlie person ma age who mibbie hud a richt tae it efter hidin fae the world fur so lang.

Posh Granny Helen telt me aboot the war. She wis born the same year as Anne Frank. Ah mind finkin that as ah read hur *Diary*. She probably didnae want hauf the world tae see it. That day wis wan o the few occasions where ah've felt like Granny Helen wasnae pretendin tae be sommat she isnae. Ah wonder whit she'd be like oan the internet. Mair honest, probably.

She telt me that, truth be telt, the war wis quite excitin when it started. She said hur class at school aw gat gas masks and hur daddy, Great-Granda, said, 'Well, I hope you never have to use them.'

'I walk across a carpet of green and gold,' ah continue.

Paintin photies wi wurds. Sure, it's no in the tongue ah speak, but ma Scots tongue is part o the reason ah didnae get intae the toap English group at the wee school. Apparently.

'Cathy?' Mammy asks, walkin intae ma room. 'Ye wantin anyhin fae the chippie?'

'Eh. . . pizza crunch?'

She looks ower ma shoulder.

'That's a nice line ye've written aboot the leaves there, Cathy. Very poetic,' she says.

Ah'm no so sure. Ah'm mair confident writin in Scots like ma Great-Granda did, but it's a confidence boost aw the same.

'Thanks,' ah say.

She walks oot, and ah cannae help but wonder whit Mammy would fink o Great-Granda's poem, but it kin wait another day. God knows ah've held oantae it fur lang enough.

* * *

Ah try tae faw asleep hauldin oantae the auld Scots poem. Mibbie Scots poetry's the answer. Ah kin definitely write in English, but there's certain fings that ye jist cannae say in English the same way ye kin in Scots.

Giein it laldy doesnae quite huv the same po'er when ye jist say 'give it your all'. It's just no the same. 'Dreich' hus a better ring tae it than dull an aw.

Ah imagine bein back at the wee school in the bottom groups. Ah cannae escape feelin like ah'm never gonnae be guid enough, even though ah've always tried ma best. Bein buik smart is a defence mechanism. If ah cannae be a beautiful lassie, ah kin be a clever wan.

Ah've never been a lassie anywan looks twice at. No like Morag. A wumman in Asda wance stoapped us shoappin tae compliment hur freckles. Ah stood there like a spare part.

Ah look oot the windae at the darkness. Ah cannae shake the feelin that mibbie ah've gat a worthwhile story tae share wi the world – ah'm just no sure whit it is yet or hoo ah'll write it. But Great-Granda probably didnae write when he wis ma age and God knows he'd it in him.

Ah want tae be a writer because ah love buiks. Dorian micht o mentioned a few poets, but ah get the impression that he doesnae love other writers as much as himsel. He probably wants tae be famous and cannae hauld a note, so *Pop Idol*'s oot the question. He husnae gat the boyish cuteness aboot him that would gie him the same kind o appeal as Gareth Gates.

Buiks huv always taken me tae worlds ah could huv never imagined. They're an escape, and ah'd love tae dae that fur somewan else – take them oan a richt guid jaunt wi wurds, folk, and places they'd never huv known otherwise.

Ah look at ma schoolbag. We've no been put intae groups yet, and ah'm dreadin a repeat o whit happened at the wee school. Ah'm no stupid. Ah know that fur sure, even if ah've never hud it confirmed by a teacher.

Morag's no stupid either, but she's no as perceptive as me – a philistine, as Posh Granny Helen would say. But fur aw ah'm different, it's done me nae favours academically. Ah mind Mammy took me and Morag tae Kelvingrove Museum the other summer, and Morag started kickin aff as she jist wanted tae go tae the shoaps insteid.

Everywan at the wee school made me feel ugly, but there wis wan incident that stood oot ower aw others. Afore ah've a chance tae worry anymair, ah drift aff.

***

'That's ye,' wan o the bams at the big school says, pointin at an ugly photie in a biology textbuik o a lassie wi oot o control dark hair.

Ma hair can be frizzy, but it's no that bad. Ah'm stunned intae silence. Then ah'm back at the wee school.

'That's ye,' Cameron McGlinty says, huvin gone tae the effort o drawin an ugly wee character that's meant tae be me.

Ah cannae even bring masel tae recall the specifics o the picture. It wis that bad. It made me feel so small.

Ah tear up, grab it clean oot his haun, rip it in twa and run oot the class. Ah didnae go back tae the wee school efter that, in the wakin world.

Poor Granny and Granda kept me entertained. Mammy wis still grievin fur Daddy at the time. She always will be, in wan way or another. Huvin me oan hur plate aw the time would o been wan tottie too far, even if she hud nae option but tae hameschool me.

Ah cycled tae Granny and Granda's hoose every day when ah should o been in class, pullin the weeds oot their flooer pots.

Granda Billy wis ma best pal. He said he'd seen it aw, especially daein his National Service. He knew mair aboot life than a bunch o plukey wee bams.

'If ah could get away wi it, ah'd wring the buggers' necks,' Granda said.

Ma eyes burst open, and ah scream. Granny Cathy's photie o the Sacred Heart is floatin at the end o ma bed.

Mammy rushes intae ma room.

'Cathy!' she says. 'Cathy!'

Ah blink, and Jesus disappears. Ah've never experienced anyfin like it. It wis some mad hallucination, but God knows it felt real.

'Cathy, it's jist a bad dream,' Mammy says, tryin tae calm me doon.

'Ah know,' ah say. 'Ah know.'

Luckily, Great-Granda's auld poem isnae squashed in the mornin. Ah'm still feelin doon, aboot everyfin, but it gies me hope.

The teachers at the wee school made their minds up aboot me a lang time ago, but there's still everyfin tae play fur at the big school, and ah'm related tae a published poet. Somewhere, writin's in ma blood, ah tell masel again. It jist micht no be in Scots.

Mibbie ah'd met Dorian fur the same reason ah'd found Great-Granda's poem. So that ah could be inspired tae write creatively in English again and succeed academically.

Mibbie Mrs Smith will love ma special place essay and ah'll write some English pieces an aw tae show hur ah'm nae wan-trick pony.

Mammy comes intae the room hauldin a wee gift bag.

'Whit's this?' ah say.

'Well, since yer tryin yer haun at poems at school, ah figured ye'd like somewhere tae write them doon.'

Ah open it and smile when ah see a beautiful turquoise notebuik wi gold sitchin. Ah gie hur a big hug and tell hur it's perfect.

Poet's Hauns

2007

DORIAN'S SITTIN IN the corner o the library lookin mair like the Grim Reaper than ever. A photie o Britney Spears encouragin folk tae read is behind him. He couldnae look mair oot o place.

Ah'd huv thocht he'd huv taken the opportunity tae write, but he's sittin there, legs crossed, starin oot the windae. Ah wonder whit's oan his mind. He's never a happy lad. But he looks sadder than usual. Ah've a feelin there's mair tae Dorian than meets the eye. He's created such an exact image tae show aff tae the world. But he hus tae be a real person wi feelins, vulnerabilities and aw that somewhere.

Ah guess we aw huv oor defence mechanisms. Wioot them, wur exposed tae the world, vulnerable, and naewan wants tae dae that.

Ah'm jealous o Puffin. Aw he cares aboot is his dinner, catchin beasties, eyeballin me when ah'm asleep. He's awfae guid at starin. Sometimes it gies me the fear.

Ah doot Mark callt himsel 'Dorian' at the wee school. Mibbie he's like the lad in ma class who peed aw ower the playgroond and gat expelled. Ainlie insteid o bein wan step away fae borstal, he'd reinvented himsel. Mammy would still say he wis a big lanky streak o pish lookin fur a puddle.

It's hard tae imagine the kind o man Dorian will grow intae. Aw he talks aboot is poetry this and poetry that, but naewan makes a livin at poetry these days. It's buiks folk like, novels – no that ah've managed tae get ma hauns oan a copy o *Trainspotting*. Dorian could write a rare novel, ah fink, but at the rate he's gaun at, he kin furget it.

Ah kin see him noo, a big beardy bugger wi a leather note-pad sittin in a park, refusin tae get up aff his arse and get a joab or at least sign oan. Ah couldnae see him hauldin doon a joab, even a guid wan like Mammy's. He'd see the kind o joabs that folk start oot wi as beneath him.

'I've got poet's hands,' he'd said the other day.

Ah looked at his hauns. They wur ordinary. Big lanky fingers that put me in mind o Granda's, and he's as workin class as they come.

Bloody weirdo, but ah'm no a mean lassie, ah tell masel. It's not a reason no tae be pals.

'Awricht,' ah say, sidlin up tae Dorian in the library.

Harry and Ruth go tae the shoaps every lunch time, ah've established that in the weeks ah've been here, and as much ah like Harry, ah cannae warm tae Ruth. Ah get the impression that she's judgin me, even though there isnae much tae judge apart fae the fact ah wis hameschooled fur a bit. Ah wis aw too aware that spendin ma lunch in the library would dae me mair guid in the lang run an aw.

'Meep meep,' Dorian replies.

Ah laugh. Dorian's Roadrunner comparisons wur the ainlie fings that endeared the bugger tae me.

Ah've changed ma look a wee bit noo ah'm gettin settled intae the big school. Ah've acquired a Jane Norman bag, since that's the ainlie acceptable fing tae carry yer gym kit in, and ah make sure ma tie isnae quite done up at the toap. Ah've started wearin ma lang, black hair doon an aw.

'Meep meep,' ah reply, afore takin a seat across fae him.

Ah carefully place the pink Jane Nor bag oan the empty seat beside me. Ah couldnae risk gettin a hole in it.

Ma skirt's still far too lang tae be anyfin close tae cool, but ah'd need a miracle afore Mammy would fink aboot lettin me wear wan as short as some o the lassies. Ah pulled it up ever so slightly so ah didnae look like a total sado.

Ah fink o the folk oan the forum. They'd tell me tae be masel like Bowie, but ah'm sure even he hud tae make concessions tae survive.

A lassie posted a video o hursel dancin tae Marc Bolan's 'By the Light of a Magical Moon'. She'd curly hair and lang, flooery clothes like the kind Mammy and Daddy wore in the seventies. That jist wouldnae fly here. Mibbie when the school wis first built, but no anymair.

'Hud a wee go at poetry masel,' ah say.

Dorian smiles.

'Good for you,' he says. 'Mrs Smith told me she's thinking of starting a creative writing lunch club. If you fancy it...'

'I'd love that,' ah say.

Ah'm surprised he's invited me, but happy nanetheless. He must huv some respect fur me, even if he's no the biggest fan o Scots.

Fur wance, Dorian doesnae smell like curry. Well, it's the s-wurd if ah'm talkin generally. Jobbies, if ye will. Mibbie he's realised that he willnae huv a chance up here if he doesnae get his act together an aw. Ye can get away wi mair in first or second year, but the further up the big school ye get, the mair ye're expected tae look hauf decent.

Ye're no supposed tae chat in the library fur lang. If ye dae, the poke-nosed librarian will be oan yer case quicker than ye kin say Boab's yer uncle. Ah take oot ma copy o *Underground to Canada*, which we've jist started readin, furgettin that ah'm usin Great-Granda's poem as a buikmark. It faws oantae the wooden table. Dorian's eyes widen.

Afore ah've a chance tae grab it, he's readin away.

'Poetry competitions!' he scoffs. 'Gosh. You can hardly make sense of this. It's like Latin or something.'

'It's callt Scots,' ah say. 'And it's a language.'

Dorian furrows his brows. Ah tear up, but mair than anyfin ah'm ragin. Me and Dorian are twa peas in a pod when it came tae oor writin dreams, and mibbie oan some level ah want tae be his pal. But he doesnae care aboot anywan but himsel. He hauns the poem back tae me. Ah put it intae ma buik and rush tae the toilet.

Ah plonk ma arse oan the bog and start readin the graffiti etched intae the walls. Ah shouldnae huv let it bother me. But it's wan fing huvin folk fink yer an ugly lassie ower fings ye cannae change, it's another tae huv somewan ye respect fink yer stupid fur sommat ye love and yer family – especially when Great-Ganda's poem wis guid enough tae get published.

'Suzy Murphy nipped James Green behind the bike shed,' read wan etchin.

'Anna is a 2 faced cow,' declared another.

'TONGS YA BASS,' wrote a third.

Ma ainlie real pals fur the past three year huv been ma Poor Granny and Granda, and even they said they wur worried aboot me comin tae the big school. It's not that Mammy wanted me tae stay at hame fur three year. She'd nae choice.

As a teachin assistant, she knew fine well that ah'd probably fit in better at a school like this, but we didnae huv the money tae move, so she hud tae bide hur time fur ma placin request tae be accepted. Bonnieburgh Academy is wan o the best public schools in Scotland and places are like hen's teeth.

It took me years tae work oot whit hen's teeth even meant. Ah guess ah've hud aw the time in the world tae figure stuff oot spendin three year cooped up like an animal, even if ma heid's still mince. Hen huvnae gat teeth.

Ma English class wouldnae be so bad if Mrs Smith didnae fink the sun rose and shone oot o Dorian's arse, but she does. It will be richt up Dorian's street if ah dinnae get intae the toap English group efter whit he said aboot Scots.

Ah dinnae want tae care whit he finks, but ah cannae help it. Ah jist dae.

Ruth wis last year's newbie. Mibbie that's why ah cannae warm tae hur and hud opted, in a way, fur Dorian Nae Mates.

If Mammy took wan look at hur skin and greasy hair, she'd say, 'There, fur the grace o God, go ah.'

Ah hate tae admit it tae masel, but she's an unfortunate lookin lassie. Like really unfortunate. Ah'm no a beauty, but ah'm no a Ruth either. It wis mair than jist puberty. Everyhin aboot hur is jist a bit aff, and she put me in mind o a witch wi hur lang, greasy black hair and red lipstick plastered ower hur scaley lips.

She said tae me and Harry that she wanted tae huv a tea party wan day. We jist looked at hur. It wis a weird enough suggestion and weirder when she added that she wanted tae dae it oan a roundaboot. Ah'm pretty sure we'd huv gat done fur that.

Ah wish ah'd the guts tae try and steal Harry fae hur, but ah'm convinced she'll hex me efter a swatched a matchstick doll in hur pencil case.

Ruth gies me the fear the mair ah fink aboot it. Ah huv tae tolerate hur if ah want tae be pals wi Harry, but Mammy always says go wi yer gut, and ma gut says she'd throw me under the bus at the first opportunity. Mibbie Harry's feart o hur an aw.

Other lassies in ma year are talkin ootside ma cubicle. Wan says that if ye dinnae use tampons, yer no a real wumman. Mammy telt me those fings kin break the wan fing a man wants tae see when ye dae the deed. Ah'm no losin ma v-card tae a tampon.

Ah flush the toilet, scared the lassies ootside will fink ah've jist hud a shite.

Dorian's hingin aroond by the lockers ootside.

'Cathy?' he says.

Ah cannae avoid him. It'll ainlie make fings worse.

'Are you okay?'

'Aye, aye,' ah say. 'Wummen's troubles.'

Oh ma days, ah fink, as soon as the wurds escape ma lips. Wummen's troubles. Ah've spent too much time wi Mammy. But it wis that or let him know he'd gat tae me.

Mind ye, he must huv some semblance o human decency aboot him. He wouldnae huv hung ootside the lockers otherwise.

'Fancy a walk?'

'Sure,' ah say, hopin ah'm aboot tae get an apology.

We make oor way ower the concrete playgroond and heid doon taewards the trail run.

'So what kind of poetry have you written?' he asks. 'Didn't get a chance to find out in the library. Scots, is it?'

Ah narra ma eyes. *Really? Efter whit he jist said?* Even if it wis a Scots poem, ah wouldnae be admittin it efter his performance. Anyway, fae whit ah know, Latin is hard tae learn. The fact Dorian hud compared Scots tae another language wis proof that it is wan.

'Naw,' ah say. 'That isnae aw there is tae me.'

He smiles as we walk through the woods, and ah feel like ah've wan a wee bit o respect fae him.

'Any chance of getting to see it?'

Showin Dorian ma poetry is the last fing ah want tae dae, but ah cannae huv him finkin that ah'm full o rubbish either.

Ah haun him ma new notebuik fae Mammy. Ah'd sneakily redrafted ma poem intae it at the back o maths this mornin.

Dorian sits oan a fallen tree and starts readin. Ah dig ma Clarks' shoes intae the hardened summer mud.

'This is great, Cathy,' he says, smilin. 'Mrs Smith will love it – if you feel able to show her.'

By the time the bell rings, ah'm beamin. It's a stupid thocht, but part o me considers if ah'm even better at poetry than Great-Granda. Ah push the thocht oot ma heid.

Wee Tammie Norrie

2004

POSH GRANNY IS somewan who plays by the rulebuik. But aw it takes is a wee glance below the surface tae see that she's mair rebellious than she lets oan. It wis the rebel in me that hud me writin ma special place essay in Scots, even if ah'm regrettin it noo.

'I had a dog called Peter when I was young, Cathy,' she said efter ah'd gat intae the hameschool routine.

Ah smiled. Granny Helen's hud dugs hur whole life, but Peter wis different.

'He was my first dog. My parents weren't for it, but I went to the cat and dog home and got him anyway.'

She opened up hur purse and took out wan o them polaroid pictures. It wis yellad, but the ink fae the image couldnae huv been mair vivid. Ah'd never seen Posh Granny so young. She wis beautiful – jist like a picture star, as Poor Granny Cathy says. She'd a lovely cardi and skirt oan and hud an arm around this big wolf o a dug. He looked auld in the picture; his fur hud formed intae a white goatee.

'Dinnae be gettin any ideas,' Mammy said.

Granny Helen glared at hur, and ah laughed. But it gat me finkin aw the same. Mibbie a wee pet's exactly whit ah need noo ah've lost jist aboot everywan else.

'Your father had a way with animals,' she said, smilin at me. 'He'd have had plenty of company when he. . .' she trails aff.

Mammy said Posh Granny wis spiritual, no religious, but if ah'm honest wi masel, hur version o the afterlife sounded a lot mair appealin than Faither Murphy's. Ah'm no sure ah want tae live in God's hoose if that means an eternity wi some o the folk roond here.

Ah fink ah'd want a square go wi the likes o Dorian if he insulted ma Great-Granda's poem oan a really bad day. Ah'd probably tell him that if he's so great, hoo come Burns is Scotland's Bard and no him? Even if richt noo ah'm no exactly sure o the answer tae that masel.

* * *

Life efter the wee school wis weird. Ah used tae see the teachers comin an gaun in the library, but maist o the time, they furgat ah wis there.

Ah wance overheard a conversation aboot a wee hamster, and ah cannae stoap mindin it. Turns oot the heid, Mr McDonald, cared mair aboot a hamster than the weans in his class.

Wan o the lassies asked him if they could read a buik aboot small animal care. He ignored hur and turned tae another teacher.

'Sorry Mary,' he said. 'You know the bother I had to go through when Lizzie's mammy reported me after wee Hamble died.'

'Hamble?' she said.

Mary Munroe wis the deputy head, but she wis always oan aff oan maternity. Maist o the younger wummen teachers at the wee school wur always oan and aff the maternity. Ah tried no tae judge those who wurnae ma teacher so harshly because o it, like hur.

'Primary Four used to have a pet hamster,' Mr McDonald explained. 'Came in one morning and the poor wee bugger was lying in a shredded up copy of *The Thistlegate Post* covered in blood.'

Mr McDonald reached intae his trouser poacket and pult oot a packet o Benson & Hedges, then he minded where he wis and put it back afore any o the weans noticed.

'It was unfortunate, but you need to stop blaming yourself,' Mrs Munroe said.

'I should have taken the wee mite to the vet,' Mr McDonald continued. 'I could tell he was sick. His insides were practically falling out of his arse.'

'I don't think the vet could have done anything for him.'

'What kind of mammy doesn't tell their weans animals die?'

'Mrs Graham has some interesting parenting techniques.'

If ever there wis a reason tae get yer class a buik oan small animal care, that wis it, ah mind finkin. Ah tellt Mammy afterward and she said he probably cared mair aboot wee Hamble than the weans because he could actually process whit happened tae him – nae matter hoo grisly.

Ah made masel scarce afore they noticed me evesdroappin.

There wis a cork noticeboard in the library foyer. Folk wur advertisin their services fur gardenin, dug walkin and. . . kittens, free tae a guid hame. Not a wurd o a lie, ah noticed it the same day ah heard aboot that unfortunate wee hamster.

Ma eyes narrad at the postcode. It wis ainlie up the road. Ah thocht o Granny Helen and Peter. Ah can always pin it oan hur if Mammy goes aff hur nut, ah mind finkin, realisin there micht no even be any kittens left.

* * *

Ah took a deep breath and pressed the doorbell. A woman who didnae know Mammy – at least no tae ma knowledge – answered.

'Kittens,' ah said, afore realisin that ah sounded special. 'Are there any kittens left?'

'Yer in luck,' she replied. 'Just wan.'

Ma eyes lit up, but ah feared she wouldnae gie me wan – no wioot Mammy, even if ah wasnae a wee, wee lassie anymair. Ah'm sure Granny Helen wis still at the wee school when she gat Peter, but that wis in the aulden days.

Ah followed the wumman intae hur kitchen. There wis a cage wi a litter box and a wee baw in its corner.

'His mammy gat a boyfriend and here he is,' she said, bendin doon tae scoop up the kitten.

She haunded him tae me. He wis so saft.

'Ah've no gat a box,' ah admitted.

Ah paused. 'David!' the wumman shouted. 'Gies a box fur the last bawdrain!'

A burly lookin man walked intae the kitchen a few minutes later. He wis hauldin a Space Raiders box. A big wan like the kind ye get at the cash and carry. He smiled.

'Gat a great wee temperament him,' he said, gesturin tae the kitten.

Ah wis soon heidin hame, Space Raiders box in ma hauns, wonderin hoo ah wis gonnae explain this wan tae Mammy.

Ah gret fur nae real reason the nicht afore. Truth be telt, ah wis cryin aw the time back then. *Mammy would huv tae be proper black-hearted no tae gie me a bit o leeway*, ah thocht.

'Did ye rob the corner shoap?' she asked when ah gat hame, lookin at the box.

The wee cat answered fur me. 'Meow.'

Mammy's eyes narrad. Hur jaw droapped when she looked intae the box. Then the excuse fell intae ma lap.

'Ah found him oan the way home. Stevie gied me the box.'

'Poor wee bugger,' Mammy said, lookin at him. 'Must be hoachin wi fleas. Let's get it up tae the bathroom fur a wash afore ye even fink o lettin it oot.'

Ah nodded, grateful tae the Big Man fur gien me the perfect wee white lie.

Mammy's as clean as they come, and it wasnae lang afore the wee cat wis covered in bubbles. The poor wee bugger ainlie let oot the occasional meow. Ah felt bad. Ah doot he even hud fleas, but even if Mammy hud known the truth, ah reckon he'd still huv gat a wash.

'Kin ah keep him, Mammy?' ah asked. 'Ah fink he'd dae me the world o guid.'

She paused. 'Ah suppose it willnae dae ye any harm tae huv a pal.'

* * *

Mammy telt me tae keep the wee cat in the Space Raiders box until he hud a litter tray. She would o been huvin ten mair kittens, even though this is the wan time that sayin doesnae fly, if he started shitein aw ower hur flair.

There wis a wee midgie in the room. The cat started eyeballin it. Ah hate the midgies, but they love me. Daddy used tae be guid at gettin rid o them wi special candles and sprays. Mammy never gat the knack o it efter he went back tae the Big Man.

The cat cowered. Ah readied masel tae catch him, but hoped he gat the midgie first. Afore ah knew whit wis happenin, he jumped oot the box, mooth open wide.

He micht huv ainlie been a wean, but he somehoo managed tae catch the midgie.

'Cats get beasties?' ah asked.

'Aye. Ah furgot aboot that,' Mammy said, laughin. 'Daddy must o made sure he's a guid fly catcher like him. Ah've been prayin the buggers away.'

Ah smiled.

'Huv ye gat a name in mind?' Mammy asked.

Ah looked at the wee cat. He's aw black. Then ah mind Posh Granny Helen's sea cat. Ah loved his name, and Daddy always spoke highly o wan cat and wan cat alane. Puffin.

'Tammie Norrie,' ah said wioot another thocht.

'Whit?' Mammy said.

'Puffin. It's Scots fur Puffin. Like Granny Helen's auld sea cat.'

'Puffin. Ah mean, it's a cat, no a bird, but fair enough, hen.'

Ah look at the wee cat again, debatin if ah should call him Salem instead, like in *Sabrina*. But if ah'm anyfin in this life, it's different and ma wee moggy should be the same.

* * *

Puffin coorried up next tae me that nicht, even though ah wasnae sure he'd be keen efter jist leavin his Mammy. He'd the maist beautiful black beans oan his toes and big disks fur eyes that made him luik a bit like a cartoon character.

Ah knew that cats wur like dugs and could live fur quite a while. Fur aw they kin be funny buggers like Posh Granny's auld pussy Lottie, who hated everywan but hur, part o me knew that Puffin wis different fae the start.

'He's yer wee protector,' Mammy said.

Morag wasnae keen oan Puffin, even then. She's a clean freak like Mammy, but ah didnae gie a shite.

'I guess he's a bit cute,' she said.

Mammy must o hud a wurd wi hur aboot lettin me keep the cat.

The Competition

2007

'AFTERNOON, THIRD YEAR,' Mrs Smith says.

Ah've been at the big school fur a month noo, and ma anxiety aboot gettin bullied is near enough oot the windae. Ah'm no fussed that me and Dorian look like pals either. Naewan seems tae say anyhin mean ootside o toilet walls.

Dorian's a bigger target than ah'll ever be, and he's gettin nae grief. Jist like Ruth, he doesnae gie a fiddler's fart aboot whit anywan finks. Ah wonder if ah'd huv fared better at the wee school if ah'd jist no risen tae the bams' bait. Anywan can make somewan else look dug ugly oan a scrap piece o paper, fur aw ah try and shove that memory oot ma heid.

The leavers' disco wis almaist as traumatic, ah fink. Mammy telt me tae go in spite o everyfin. She boucht me a lang gypsy skirt and beaded toap fae Tammy Girl. Ah mind huvin fun wi ma wan remainin pal Mary as folk danced tae 'Cotton Eyed Joe' and drank those wee cartons o juice ye pierce wi a straw. It aw changed when ah went tae the toilet, and Morgan Smith shoved me oot the way as she entered. We sat taegether in the bottom maths group and used tae help each other oot, but she droapped me like a hot tottie when the bams decided tae huv ma guts fur garters – even when that meant dealin wi Mr Pie Thagoras alane.

'I've marked up all your special place stories,' Mrs Smith continues.

Ah'm simultaneously glad tae huv hur distract me fae bad memories and feart aboot whit's comin next. The class takes wan collective nervous breath.

'We're going to do a close reading exercise and then I'll be speaking to the other English teachers to work out what level you're all working at before we start getting you ready for your Third Year exams in January,' she says.

Here we, here we, puckin go! ah fink. That fitbaw chant rubbed aff oan me at the wee school.

'There's also a creative writing competition for under 16s in East Bonnieburgh, if any of you feel like entering.'

Mrs Smith looks at Dorian. She micht as well declare him the winner here and noo.

'So,' he whispers, 'will you be entering?'

Ah'd love tae enter, but ah've gat nae chance. Winnin a competition and beatin every other bugger in the area seems like reachin a bit too far. As much as ah'd like tae prove tae Dorian – and masel – that ah'm in his league when it comes tae the writin.

Ah've set ma sichts oan gettin intae the toap English group and gettin that aw important Grade Wan fur ma Standard Grade. Anyfin that could risk that is a distraction noo, as much as it could gie me a confidence boost.

Great-Granda pops intae ma heid. If ah dae it and win, ah wouldnae be the first person in ma family tae dae sommat like that.

'Mibbie,' ah say.

The teacher places the close readin passage oan ma desk. We get tae work. Ah take ma time, makin sure ah read every question carefully.

That wis part o ma problem at the wee school. Ah wis always so nervous that ah misread fings, especially in maths. Ah cannae afford tae make the same mistake here. Bad fings happen whether ye worry aboot them aforehaun or no.

The passage isnae too hard, thankfully, and wance it's ower, ah'm hopeful that, alangside ma special place essay, ah've done enough tae nab a place in the toap group.

Mrs Smith says we willnae be gettin moved until efter Christmas, and that it will be month again afore we get oor marks back fur oor close readin. The teachers are snowed under helpin the Higher pupils through fings callt 'NABs'. That'll be a week ah spend oan tenterhooks

NABs are the fings that ye need tae sit afore ye kin even get tae the proper exams at Higher level. Harry telt me.

* * *

Mrs Smith finally hauns oor special place essays back oot. Dorian's gat a big Wan written at the toap o his. The ainlie reid pen oan it is big, fat ticks. It feels like ah'm waitin an eternity fur ma essay tae arrive. Mibbie Daddy and Great-Granda are gonna protect me fae the other side, but ah've gat an awfae feelin in ma tummy.

Ah'm wan o the last tae huv the white sheets placed doon in front o me. Ah keep tellin masel Burns is the Bard fur a reason. Ah kin feel Dorian's eyes oan it afore ah've even hud a chance tae look. Ma heart sinks when ah read ma score: a Three.

It wis a C. Ah tear up. Fings feel like they're gaun in slow motion like they always dae when bad stuff happens.

Ah've nae idea why they gie ye numbers insteid o As, Bs and Cs at Standard Grade, but that's jist the way o it. Actual letter grades are saved fur yer Highers.

If ah get a Three fur ma Standard Grade, ah kin kiss guidbye tae daein Higher English and any hope ah huv o gaun tae university. A tear rolls doon ma cheek. The school micht as well be collapsin aroond me.

Ah'm gonnae amount tae nought jist like the teachers and the bullies at the wee school said ah would.

Dark thochts float through ma heid, even though ah try and fail tae tell masel the game's no a bogie yet.

Mammy telt me tae pray badness away. Ah've tried, but it never works. It aw started oan the day o Daddy's funeral, which ah cannae bring masel tae fink aboot. It ainlie gat worse wi the bullyin.

Ah've tried ma best. Read far and wide, and here ah am, still as average as they come. If ah wis that guid at the writin, ah'd huv done better. It's no like Mrs Smith knows anyfin aboot me comin fae nought like the teachers at the wee school. Or whit ah went through when a lost ma poor Daddy.

Ah fink o Puffin. A few weeks efter ah brought him hame, Mammy, like Big Brother himsel, discovered that ah'd no exactly found him oan the street. But she let me aff.

She tellt me that wan o the mammies in Morag's class asked hoo the wee cat wis gettin oan. Ah turnt as white as a ghost. She must o gien me the cat as she knew ma family. It aw made sense.

Then Mammy telt me Puffin's birthday. Burns Day. *Whit are the odds o me gettin a cat born the same day as Burns himsel?* ah thocht. Ah took it as a sign that ma dream wis meant tae be. It wis aw the spookier when ah foond Great-Granda's poem.

Nane o it matters noo. Ah try and fail tae blink back the rest o ma tears. Dorian puts a haun oan ma arm. Ah jump.

'You can do better than that,' he says. 'It's just. . . y'know.'

He's read ma feedback afore ah've hud a chance tae.

'This essay is well-formed, and you've used the five senses well. Unfortunately, your use of language was not appropriate to the task, which is why it has been marked a three. Please don't let this discourage you!'

Ah swallow the lump in ma throat. She telt us tae let oor imaginations run wild, that's exactly whit ah did, and noo ah'm bein punished fur writin in ma ain bloody language. *Would Burns get a C?!*

Ah stayed true tae masel against everywan's advice, and it's ainlie likely gone and done me oot o a place in the toap English group. *Hoo could ah huv been so stupid?* Wan daft moment o confidence and ah'm payin the price.

When the bell rings, ah heid straicht fur the bog. Ah take a compass oot ma pencil case and start scratchin the wall. Mammy would be mortified if she could see me etchin away at the flakey grey paint.

'This school is a shitehole,' ah etch, knowin fine well that it could get me intae aw sorts o bother here, let alane at hame wi Mammy. But it's no like there's security cameras in the bogs.

Ah could hear hur noo sayin that she micht as well huv sent me tae St Mungo's because ah'm actin like a richt wee bam.

Ah flush the bog and pat some Dream Matte Mouse intae ma face tae hide the fact ah've been cryin afore gaun back ootside.

The sinks are empty as maist folk huv rushed tae their next class. Ah look up at the ceilin. It's covered in baws o dried-up bog roll. Ah decide tae add tae it since ah'm in a rebellious mood. Ah grab a baw o toilet paper, soak it, and fling it oantae the ceilin.

Ah near enough shite masel when a lassie walks intae the bog the moment it hits the ceilin. She pays nae mind. The bog roll baw faws wi a splat.

Dorian's waitin by the lockers. Again.

'It's okay,' he says. 'There's no need to fly off the handle. It's just one essay. You could still make the top group if you get a One for everything else. How was the close reading anyway? It looked like you were writing a fair bit for each question.'

'Urgh.'

Ah roll ma eyes. Ah couldnae even accuse him o copyin me as that would be beneath Dorian bloody Evans. *Who the puck does he fink he is?* If it wis anywan else, ah'd fink they wur bein nice, but no Dorian. It feels like a trick comin fae him efter some o the shite he's came away wi.

'Easy enough fur ye tae say. Ye dinnae know the first fing aboot me,' ah say.

'Well, tell me about you.'

Ah want nought mair than tae run intae the music department, but mibbie there's nae harm in it. The music department is full o soundproof booths fur folk tae practice in. Naewan would question me if ah went intae wan and pretended tae practice its piano but gret insteid.

'Yer gonnae hav tae skive fur this wan,' ah say tae Dorian.

'Like it's the first time,' Dorian laughs.

It is fur me.

Ah've already broken rules the day, skivvin isnae gonnae make it any worse. Plus, fae whit ah've gathered, ye huv tae dae sommat really bad tae get intae bother at this school. Playin truant is like askin tae go tae the bog when ye jist want a break.

We heid doon the woods yet again, and afore ah've hud a chance tae let the puffiness fade fae ma eyes, Dorian's lit a roll-up.

'Draw?' he says, afferin me the glowin orange butt.

Ah shake ma heid. Ye huv tae be sixteen tae buy fags, and ah'm still a month or so aff. That would o still been less o a crime than whit ah did tae the bog wall, even if there's so much graffiti oan there that it's impossible tae date any o it. Ah'm no countin ma failed attempt tae vandalise the ceilin, even if part o me is scared that some poor lassie decks it oan the wet bog roll and breaks sommat.

'Right,' Dorian says. 'Spill. And for the record, Mrs Smith might like me, but you've no idea the crap marks I get elsewhere. I got some disciplinary letter about my performance in PE.'

Ah laugh. Fair enough. Mibbie he's gat a human side tae him. But then again, whit does he expect when he's no even botherin tae run the trail? Ah tell him, but he jist shrugs and takes another draw, waitin oan me openin up.

'Ah wis bullied,' ah say, embarrassed the moment the wurds escape ma lips. 'That's why ah missed the first twa years o high school. Couldnae get a placin request anywhere decent and ma Mammy couldnae afford tae. . .' ah trail aff.

He shrugs yet again as the thin paper sizzles in front o his lips. He lives near enough Bonnieburgh Academy and jist didnae understand.

'I'd love to know someone who hasn't been picked on. The bams here? A classic case of the hunted becoming the hunter.'

'Oh aye? And whit makes ye so wise?'

Dorian drops his fag oan the leafy groond then stomps oan it. The forest is so dusty that smoke doesnae rise intae the air.

'I spend a lot of time reading about stoic philosophy and that sort of thing,' he says. 'It wouldn't interest you, but it helps me understand people.'

'And hoo auld are ye exactly?'

'Fifteen.'

Ah shake ma heid. He must be wan o the auldest in the year then, tae be near enough ages wi me, but no auld enough tae be actin like this.

'Yer no supposed tae smoke until yer sixteen let alane gie other folk advice,' ah snap, turnin tae walk away.

'Fine, but I can tell you this for nothing. I'm better than you. Never forget that.'

Ah wis callt every name under the sun at the wee school, but Dorian's wurds hurt me in a way ah cannae describe.

'Urgh,' ah say.

Part o me wants tae ficht him back and part o me jist doesnae huv the energy. Ah want tae stay calm enough even though he micht as well huv cut me richt doon tae the bone.

'This is mindlessly dull,' Dorian says, takin a lang draw o his fag as ah turn and walk away.

Tears spill doon ma cheeks. Ah near enough deck it oan a stray log. Everyfin is blurry like ah'm in a dream. Naw. A nichtmare. Ah'm grateful tae be out the woods and the cloud o ash and smoke that is Dorian.

* * *

Oan ma way back tae ma cryin cubicle, ah want the concrete o the playgroond tae open and swallow me whole. So ah turn and heid away fae the school, doon the concrete road.

Daddy said ah wis made o strang stuff, and Granny Helen hus never let me furget it. Ah feel as flimsy as the bog roll baws that couldnae stick tae the ceilin.

Why did Dorian want me tae open up tae him if his ain-lie intention wis tae cut me doon? Wis ma trauma no guid enough fur him?

Dorian hus a hauld oan me, ah continue tae fink, scrapin away at the bog wall again. Ah'm self-aware enough tae know why. We huv the same dream, and fae whit ah kin see, he's closer tae makin it a reality than ah'll ever be.

84

A Scots Tongue

2007

AH WALK DOON the narra country path tae the shoaps insteid o gaun back tae school, huvin jist taken ma frustration at Dorian oot oan a netbaw an aw. Mammy would call it hormones, but ah know it's mair than that. Ah'm a freak by anywan's standards. Morag wis richt. This is a school fur freaks and ah've been a weirdo fur years.

But it's no jist that. Ah'm gettin pullt in aw different directions when it comes tae ma dream. Ma heart's tellin me that there's sommat in writin in the tongue ah speak, and jist aboot everywan else is tellin me no tae bother.

But ma Da's in Heaven, ah tell masel, and he's gat tae be guidin me. Ah feel like ah wouldnae o taken a single step doon this path if it didnae huv a purpose, even if ah cannae see it richt noo.

Ma life would be easier if ah jist gied up, and it does feel like ah've tried tae efter emulatin Dorian wi ma poem. But it wasnae me, that poem. Ah didnae enjoy writin it as much as ma special place essay in Scots.

This dream's makin me miserable. But that's part o the problem. If ah'm somehoo able tae make it a reality, it'll make me so happy, and ah dinnae want tae lose oot oan that.

Afore Daddy died, he said he knew that ah could dae anyfin ah put ma mind tae. Mammy said he'd help me fae the other side an aw. God's gat a plan fur us aw. *So if ah'm drawn tae write in Scots surely it's fur a reason?*

Ah walk by a set o curtains that put me in mind o the wans in Mammy's room, the wans that used tae scare me as a wean. Turns oot it wis fur a guid reason.

Ah mind sommat ah wish ah could furget. Mammy asked Daddy tae send hur a message fae the other side. She shouted me intae hur room oan his anniversary tae the curtains movin tae and fro.

'Cathy!' she said, excitedly shoutin me in afore pointin tae them wioot another wurd.

Ma eyes must o widened bigger than they've ever done afore. Ah wondered if it wis the radiator or the windae, but wan wis stane cauld and the other wis sealed shut. She wis excited. Ah wis terrified.

That's why ah've mair reason than maist tae fink that somewan's lookin oot fur me.

The sun's tearin through the tall trees that line the path doon tae the village. Aw that kin be heard is the odd car and moo in the distance.

Ah dinnae feel like ah'm meant fur much else apart fae the writin. Mammy finks ah'd make a guid nurse because o whit ah saw Daddy go through, but it's no a proper dream fur me. No like the wan ah seem tae huv wi wurds.

Nane o the other subjects at school hauld a candle tae English – as much as ah wish it wis Scots – and fur aw ah'm a teenager, ah'm still at the age where ah'm expected tae make big decisions aboot ma future, even if ah'm no quite auld enough tae buy a lottery ticket.

'Are you alright, Cathy?' Harry asks, walkin up behind me. Ah've been so caught up in ma ain wee world that ah furgot that he said he wis gaun hame early the day. 'Have you got a doctor's appointment too?'

Ah'm such a goodie twa shoes and that the thocht ah'd be skivin doesnae even cross his mind. Then again, it's ma first time.

'It's jist. . .' ah trail aff. Poor Harry probably finks ah've replaced him wi Dorian, no realisin that the Grim Reaper's always runnin efter me. 'Are ye writin stories aboot yer special place in English?'

'Oh yeah. Do you want to have a quick look at mine?' he asks takin it oot his schoolbag. Ah'm grateful he doesnae bother tae get tae the bottom o why ah'm no in school. 'Apparently, I'm a perfect speller. Only used two of the five senses though. Oops.'

He hauns me a story that looks like a dug's dinner. It takes me aw o five seconds tae realise that it reads like wan an aw. He's nae Dorian.

'This is great,' ah lie.

He smiles.

87

'Not so great, actually,' he confesses. 'It got a Five. The teacher had to pull me back after class to tell me because he didn't want me getting embarrassed. But *c'est la vie*. How did your story do?'

'A Three.'

He smiles. 'Well done, clever clogs.'

Ah force a smile back and cannae help but feel like an ungrateful so and so.

'The lad ah sit next tae gat a Wan,' ah say.

'Really?' Harry says. 'I overheard the teachers saying that only a dozen folk in the whole year, bearing in mind that there's a hundred of us, got more than a Three. They're marking us by Standard Grade criteria, and we're still a year off the actual exam remember. So your grade will definitely go up. Don't take it so seriously.'

Ma eyes licht up. *Ye stupid bugger.* Maybe there's still everyfin tae play fur when it comes tae the toap English group. Ah resist the urge tae hug Harry. Ah cannae look like a weirdo.

'So,' Harry says. 'I'm guessing you'll be entering that creative writing competition?'

Ah fix ma eyes oan the concrete pavement. It's covered in yella, orange and green leaves that crunch beneath oor feet. Ah love the autumn. It's probably because o Daddy. Everyfin's dyin, but it's still beautiful.

'Ah dunno,' ah say. 'Ah've probably got nae chance.'

Dorian's richt. That's why his wurds hurt. He is better than me, at least richt noo. But ah've noo gat the confidence boost that it's ma Scots that wis the problem and no necessarily ma ability tae scrive a story. There's nae question aboot him enterin the competition.

'You have to be in it to win it,' Harry says. 'That's what my mum always says to me. Give it a go. You never know.'

Ah smile, resistin the urge tae let ma beamer stretch fae ear tae ear. Harry hus nae idea hoo much he's turnt ma day aroond.

Ah walk wi him tae the doactor's then follow a sign tae take a wee road up tae the library. It's a concrete monstrosity, a bit like the school, but it doesnae look bad in this weather. There's a smashin duck pond next tae it.

Ah sit oan the concrete, grateful it's no wet, even if it is shivery cauld, and start tae describe the world aroond me in Scots. Aw ah know aboot the writin competition is that it's fur creative writin. Nae mair than thirty lines o poetry and nae mair than a thousand wurds o prose. It said nought aboot Scots and, unlike wi ma classwork, ah've *really* gat nought tae lose.

The Scots language hus so many beautiful wurds that jist dinnae exist in English. A rich vocabulary, that's the best way o describin the world around me, especially as nae other bugger roond here is botherin their shirt tae dae it.

***

There's a wee clock oan ma iPod. Shite. It's nearly time fur ma next period, and ah cannae skive mair than wan. Time passes quicker than ah'd like it tae, and ah rush back tae the school so it looks like ah've been there the whole day.

Ah must be daein better, as Dorian doesnae cross ma mind until ah stoap at Mammy's car.

'Hoo wis school?' Mammy asks when ah step inside.

'Gat ma English essay back. . .'

'Oh? Hoo did ye get oan?'

'Well, if whit ma pal jist overheard is correct, pretty well.'

Mammy smiles and says she knew the big school would be guid fur me.

* * *

Efter treatin masel tae an episode o *Neighbours* as ah ate ma smiley face potatoes and beans, ah go tae ma room and get tae work.

Ah didnae know where tae start, then Great-Granda's poem pops intae ma heid again. *Ah kin write a follow-up tae it!*

A Bard's-Eye View of Scotland in 2007

Ah shut ma eyes and fink aboot whit Burns would huv tae say aboot the state o the world richt noo. Fur wan, if Great-Granda thocht it wis shockin that lassies cut aboot wi limbs nae langer blushin unseen, he'd get a shock. These days, foundation lips are aw the rage. No that ah'm personally intae it, but that's the style. If yer proper flashy, ye'll huv a Playboy bunny diamanté necklace as a lassie and a Burberry cap if yer a lad.

Then there's the computers and websites. Awbody's gat a Piczo site these days. The mair flashin graphics, the better. Some folk even write the names o their Piczo websites oantae their Converse. Although ah've heard that Bebo is noo where it's really at.

Bedrooms are important an aw. Ma pal Rachel fae the Guides hus Avril Lavigne posters in hur room. Ah wis jealous the first time ah saw them as it's such a cool fing tae huv. She'd a body spray fae Hollister an aw.

Ah liked the Guides. It wis so oot ma comfort zone, but ah gat a pal fae it, and even visited the auldest hoose in Glasgae when we went oan the toor. Mammy sent me tae the Guides efter the wee school so ah still spent time wi folk ma age. Ah've no gone since ah started the big school. Ah'm tryin tae put it first.

But there's some fings aboot 2007 that ah'm glad are the way they are. Fur wan, we've gat mobile phones. Ah've nae idea hoo ah wis able tae faw asleep afore Snake wis a fing. Then there's the telly. There's always sommat tae watch like *Waterloo Road* or *Tracy Beaker*, especially if yer lucky enough tae get a Sky box, or huv a pal like Daddy's who cuts dodgy DVDs.

Mr Broon said Bonnieburgh Academy wis built in 1967, which seems like mair than jist a coincidence. That's the year Great-Granda's poem wis published.

Apparently, back then, it wis ruled wi an iron first, which is hard tae imagine wi the stuff folk get away wi these days. Ah feel bad aboot ma ain addition tae the graffiti.

'Burns would huv an Annie Rooney,' ah write, 'if he saw the state o Scotland in 2007.'

'Ma grannies hud curls, lang skirts, and white weddins. . .'

Ah smile.

'Lassies noo – spider-leg lashes, foundation lips and short skirts,

Their lugs weighed doon by gold Playboy earrins.'

Afore ah've hud a chance tae catch masel, ah've written a poem in Scots. Ah add in the lines ah wrote by the pond fur guid measure. It's a guid poem. Ah kin feel it in ma bones.

'Busy wi yer hamework?' Mammy says, walkin intae ma room.

'Eh.'

She always telt me tae tell the truth and shame the Devil.

'There's a competition. . .' ah trail aff when ah realise she's clocked ma poem.

'But yer no gettin marked oan it?' Mammy asks.

'Naw.'

'Then ah fink ye've done a braw job, as they say.'

Ah beam fae ear tae ear then haun hur Great-Granda's poem. Hur eyes narra as she haulds the auld piece o newspaper. She's tearin up. Ah'd kept it tae masel fur a lang time, too lang. Noo it wis awricht fur Mammy tae know. She seems tae appreciate Scots enough tae enjoy Great-Granda's wurds the way they deserved tae be enjoyed.

'Mind whit ah telt ye aboot God no always gien ye whit ye want but gien ye whit ye need?' she asks.

Ah nod.

'That wis whit ye needed.'

Ah'm content as ah lie in ma scratcher the nicht – Daddy always callt ma bed ma scratcher – but ah feel awfae uneasy an aw. Sure, ma poem micht be braw by Mammy's standards, but ah'm up against Dorian. He writes like an auld philosophical man and in the guid Queen's English. But ah've telt masel it wance and ah'll remind masel a hunner times again, it's Burn's who's the Bard.

Ah look ower at Morag. She's snorin away like a wee piglet. Aw she seems tae care aboot are hur pals, and she's no gien Mammy the slichtest inclination o whit she wants tae dae wi hur life.

Mammy doesnae seem tae mind. It wis wan rule fur me and another fur hur. She wis allowed tae hing oot at the shoappin centre fur a guid few oors efter school the day an aw.

But it doesnae matter. Ah couldnae be like Morag, and fur aw ah kin try tae write like Dorian, ah'm no gonnae dae it as guid as him. But sometimes ye huv tae chance yer arm.

Ah've gat sommat Dorian doesnae huv. A Scots tongue in ma heid. Sure, it's no daein me any favours richt noo, but naewan, least o aw a philosophical fifteen-year-auld wi a ratty moustache, kin see the future.

Dust tae Dust

1999

THE CHAPEL WIS blurry fur Daddy's send aff, and it wasnae because ah needed glasses. The tabernacle blurred gold. Ah couldnae even make oot the dove oan the ceilin. Jist the baby blue paint. Ah sat at the front o the church wi Mammy, Morag, Daddy's pals and Posh Granny. Poor Granny and Granda wur behind us.

Posh Granny Helen is usually a stane-faced wumman, but she micht as well o hud a run in wi Medusa that day. Hur wrinkly lips didnae flinch. We'd a lot o warnin that the end wis comin, and Daddy held oan langer than anywan thocht he would. It wasnae as lang as he'd huv liked.

'It would be nice tae see the millennium in,' he'd said.

He never did.

Ah didnae understand why the Millennium wis such a big deal at the time. Folk wur gaun aff their nuts aboot some bug, and *Blue Peter* hud a show aboot a time capsule buried cuddies' years ago.

But in ma heid, Thistlegate wis jist gettin further and further away fae its glory days, when ye could travel doon the big hill oan a tram and see the likes o the Queen Mary bein built in the distance.

Ah mind fixin ma eyes oan the dirty wooden flair o the chapel and bein glad that Daddy never saw in the Millennium. He'd gone oot the same century as the *Titanic*, the yards and everyfin that hud wance made Thistlegate braw.

The nicht afore his funeral, Granny Helen gied me a wee picture o Daddy when he wis ma age. There wis a wee cat there an aw. Ah asked hur if that wis their cat, and she said aye, that wis wee Puffin. The first Puffin noo. Ah wondered if Puffin wis in the church an aw, waitin tae guide Daddy's soul tae wherever it needed tae go.

Mammy opened aw the windaes the day Daddy died and covered the mirrors wi tea towels. It wis tae let his soul oot and, God furbid, no risk it gettin trapped in a mirror.

Ah knew Daddy wis gone as ah lay in the bath. Ah'd heard the nurse tellin Mammy it wis likely tae happen in the early hours o the mornin because that's when the body slows doon, but ah'd a feelin Daddy wis aboot tae go in the bath. Ah heard commotion fae Mammy and Daddy's room, and stayed in the water until it wis cauld.

Ah wanted tae cry, but ah couldnae. Ah knew that wance the tears started, they wouldnae stoap. Ah didnae want tae feel the pain o Daddy's loss. It wasnae sommat that wis supposed tae happen, no when ah wis still a wee lassie.

Yer supposed tae huv yer Mammy and Daddy until ye've gat bairns o yer ain. That's hoo it worked in aw the storybuiks ah grew up oan. Ah should o known that real life wis different fae the *Titanic*. Mammy said ah'd never huv tae feel pain like those poor souls. She wis wrang.

Mammy and Daddy hud a sang. It played insteid o the usual hymns ye hear in mass. The priest must o made an exception tae the rule as Daddy wasnae a Catholic. 'Slow Boat to China' is such a happy sang, but naewan wis dancin like they should o been.

Ah thocht Mammy would be cryin, but she wasnae. She'd this vacant look aboot hur. Mammy hud asked me tae dae the affertory wi hur. Ah wasnae sure if ah'd be able tae hauld it taegether, but ah didnae want tae let Daddy doon either.

So ah pretended ah wis somewhere else, and no that church wi its dusty flairs and chipped wooden benches.

Daddy hud this belief in me that ah could dae anyfin ah put ma mind tae. Mammy never seemed as sure o the world as him. He taught me hoo tae ride a bike afore he gat too sick and hoo tae stoap bein scared o ma curtains. The latter wis a real feat fur a lassie as feart o the world as me.

***

The curtains scared me fur a guid reason. They folded in a weird way that made them look like Scream. Ah wasnae sure who Scream wis, but he wis naewan guid. They banned *Scream* masks at the wee school Halloween disco.

'Yer a cat!' Mammy said proudly.

She'd sellotaped a pair o tights stuffed wi toilet roll tae ma cat suit, which wis really jist a binbag. Ah'd been a witch wi a binbag the year afore. Ah micht huv hud a Posh Granny, but Mammy and Daddy really never hud twa pennies tae rub tae-gether. Posh Granny did get me a dug costume wance. Morag wis a dolphin – fluffy tail tae boot.

Ah mind dancin at the disco and swingin ma tail around so much that it stretched oot and tripped up some poor wee lassie whose Mammy hud dressed hur up as a bride usin a white towel and let hur wear a pair o too-big heels that hud seen better days.

Then some wee shite came intae the gym hall wi a *Scream* mask. It wis a bit unsettlin at first. Ah'd a funny feelin it wis Scott.

He couldnae resist terrorisin me, and the disco wis nae exception. He came richt up tae me in his *Scream* mask, then, fae naewhere, it filled wi blood.

Ah've nae idea why, but ah shut ma eyes.

'It's jist the face fae yer curtains,' ah telt masel. 'The cur-tains. They cannae hurt ye.'

Then Scott ripped his mask aff.

'Cathy's scared o hur curtains!' he laughed.

Everwan, even wee James who'd been dressed up in a holey bin bag, joined in. But it turns oot that God wasnae a total rotter. Wi'in seconds, Scott's haun wis covered in the fake blood and he started screamin.

The bugger took an allergic reaction so bad Mr McDonald hud tae call an ambulance. He wis aff school fur a week efter that and came back wi a haun covered in bandages like wan o those Egyptian mummies. Ah fink he wis milkin it fur aw it wis worth.

'The wee bugger deserved a fricht, as much as ah would-nae wish it oan him,' Mammy said oan the short drive hame. 'God's timin is always richt.'

'*Scream*,' Daddy said.

'Whit is it?' ah asked.

'A horror film.'

'Ma curtains look like *Scream*,' ah said, wioot finkin.

Ah wis still reelin fae the laughter at ma fear, but it didnae seem so irrational then, even if ah wasnae sure exactly whit a horror film wis. Sommat like *Scooby Doo* but worse.

Hopefully, ah thocht, *it'll be auld news the morra.*

Mammy and Daddy looked at each other in the front o the motor even though he wis drivin.

'A scary film,' ah repeated. 'Really?'

Ah nodded. They could see through the moonlicht.

'Aw, Cathy, hen,' Mammy said. 'If ah'd known they looked like sommat scary, ah'd huv never. . .'

'This is your fault,' Daddy added. 'They're festoon curtains!'

'We've no gat money tae burn. . .' Mammy trailed aff.

Years later, she telt me that festoon curtains wur used in the local funeral parlour, and that Poor Granny telt hur that wis nae fing tae put in a wean's bedroom. It micht remind them o a past life and scare them.

Ah've nae idea if the curtains scared Morag an aw, but Daddy wis knowledgeable aboot fings like films, and he telt me hat ah hud tae face ma fear heid oan.

That nicht, he put me oan his shoulders so ah wis face tae face wi. . . the face.

'Now pretend it's that wee shite from the school,' he said.

Ah'm no a violent lassie, but sommat came ower me when ah minded Scott and everyfin he'd done tae me. Ah hit the curtains as hard as ah could until the face disappeared.

Mibbie Daddy decided tae gie me and Mammy a sign wi the curtains efterward because he knew ah wasnae scared anymair.

* * *

A funny smell brought me back intae the moment. The priest wis gaun roond Daddy's coffin wi this gold baw oan a chain. It wis smokin. Fur aw Daddy wasnae a religious man like Mammy, he'd huv known lang afore the end that she'd be takin nae chances wi his immortal soul.

Ah didnae want the smoke and the funny smell tae disappear. Ah wis jist a wee lassie, too wee fur whit ah wis gaun through, but ah knew whit wis comin next. Daddy wis gaun intae a hole, and ah'd never be this close tae him again.

A sang aboot risin up oan eagle's wings began tae play. Ah mind finkin that a coffin couldnae fit oan eagle's wings and bein worried. *Did Daddy hate me at the end? He'd been braw wi me the last week sure, but that last nicht, he didnae say he loved me? Hoo could ah live the rest o ma life no knowin?*

Ah started greetin so hard ah thocht ah wis never stoappin.

A creepy wumman wi jet black hair and blood reid lips came intae the chapel. She stood in front o Daddy's coffin as his pals lifted it up. Aw that separated hur fae the Grim Reaper wis a scythe.

Poor Granny took ma haun and whispered in ma ear, 'Noo Cathy, ye need tae be strang fur yer Mammy. Come oan.'

We walked oot the church. Posh Granny wis hauldin Morag in front o us. She wasnae a baby anymair, but she micht as well o been wan that day. Ah guess we aw revert tae oor younger selves when wur upset; it's jist easier tae tell when it happens tae a wean.

A bunch o Daddy's pals appeared oan the way tae new Clydeview Cemetery. He loved few fings mair than his motorbike. They revved their engines aw the way alang the motorway tae his final plantin place.

Posh Granda died lang afore ah wis born, but Mammy telt me that maist folk who arenae religious go intae the fire. Ah wis glad that wasnae happenin tae ma Daddy, even if ah didnae like the idea o him bein beastie food.

The hole wis so deep that if ah'd fallen intae it, ah'd huv struggled tae get oot. There wis a big pile o soil next tae it. Ah tried tae pay it nae mind. Ah didnae want tae see any worms and fink they'd be eaten ma Daddy the moment ma back wis turnt.

'It's a guid day tae fur it,' Granny Cathy whispered.

'It's dreich?'

'Aye. And that's a guid sign. If it rains the day ye die, it means yer happy.'

Ah swallowed the lump in ma throat and wiped away ma tears. The grass wis so soggy that the water splashed the back o ma blue tichts. They wur new oan that mornin.

Mammy wasnae lettin us send aff Daddy lookin anyhin but oor best.

Granny Helen gied me a rose. She telt me tae throw it oan Daddy's coffin.

'Remember that you are dust and unto dust you shall return,' the priest said.

Ah hudnae been around aw that lang at the time, and the thocht o no existin barely computed.

Mammy said Daddy wis in Heaven and that it wis the maist happy place ye could imagine. Ah didnae believe hur. *Hoo could it be happy when we wurnae the gether?*

The priest hud a wee box filled wi mud. He passed it around the folk closest tae Daddy's grave. Morag wasnae cryin. She wis jist silent and confused. Ah read somewhere that weans dinnae understand the permanence o death until they're aroond five and six. She wis younger than that. Ah ainlie jist understood.

Ah threw some dirt oantae the box, then fixed ma eyes oan a windmill. It hud bells attached tae it. They started ringin.

Daddy wis ma biggest strength in the world, and the ainlie comfort ah found that day and since is that somewan oan the other side is lookin oot fur me, even if it doesnae always feel like it at the time.

Everyfin happens fur a reason, and if yer divinely protected, wan day ye'll know why. They say God's gat a plan fur ye, but ma Daddy hus wan an aw. Bonnieburgh Academy wis part o it. Ah couldnae huv held oantae ma dream o writin in Scots fur nought.

Watch Him

2007

AH WAKE TAE a braw, sunny, hopeful mornin. Ah'm ready fur school in a flash, and afore ah've hud a chance tae catch masel, ah'm in the back o Mammy's wee reid motor and heidin through the countryside tae Bonnieburgh Academy.

Mammy bought the car efter ma placin request went through. We didnae huv much, but because it look so lang, the money wis waitin in the bank the moment ma time came. Ah few hunner oan a car wis nought compared tae the cost o sendin me tae a private school.

It's a gorgeous journey tae Bonnieburgh Academy, past mair than wan mountain and field, turnin broon and reid wi the season, and it makes me wonder if ah'd be anywhere near this enthusiastic if ah hudnae been bullied oot o St Margaret's. Morag's life sounds so different fae mine. Ah'm sure she doesnae tell Mammy the hauf o it.

She gets the bus. It's a straicht route fur 70p fae oor hoose tae that concrete jungle. Fae whit ah know, St Mungo's couldnae be mair different fae Bonnieburgh Academy, but oan the ootside, at least, they wur much o a much.

St Mungo's is a Catholic school. At Bonnieburgh Academy, there's nae religion. Ah know Mammy would wring ma neck fur finkin it, but ah prefer bein around folk who believe in aw sorts – wi the exception o Ruth and hur witchy shite. Ah like lookin at Krishna and the like when ah walk through the Religious Education corridor.

The weans at Bonnieburgh Academy huv a Londis tae keep them entertained. Morag's gat a whole bloody shoappin centre. She's ainlie twelve, but ah wonder if she's hud a fag afore. Even ah've been affered wan by Dorian. She must huv hud a draw at least. She wis always fascinated by Poor Granny Cathy's butts.

Ah pop ma iPod heidphones intae ma ears. Ah always feel like ah'm in a film when ah've gat them in and am bein driven through somewhere beautiful. Ma ultimate motivational sang is 'Holiday' by Green Day. If we wur allowed tae listen tae music while runnin the trail, ah reckon ah'd finally beat Caitlin.

Ah huv such eclectic taste since findin the David Bowie forum. Ah love everyfin album wise fae *Sgt. Peppers* tae *Transformer*. The buiks folk huv been recommendin huv been a revelation an aw. Ah jist started wan callt *1984*. It's scary, but ah cannae put it doon.

Big Brother sounded a lot like the God Faither Murphy talks aboot in chapel. But there's a room callt 101 in the buik insteid o a Hell. It contains the worst fing in the world fur everywan. Ah tense up. Fur me, it would probably be filled wi desks fae the bottom English group, Dorian and a bunch o wee bams fur guid measure.

Efternoons doon the shoappin centre huv never been ma idea o fun, ah fink, imaginin life at St Mungo's. Dorian micht no huv won any points wi me yesterday, but at least he didnae try tae make me take a draw o his roll-up or interrogate me aboot whether or no ah'm a virgin lips.

Mammy said VLS wur a fing even when she wis at school when ah asked hur whit it meant. Ah wish ah hudnae. Ah should o been able tae work it too. A virgin lips is somewan who's never been kissed. Somewan like me.

At the wee school, everywan wis in a rush tae tick aff milestanes like that, but nane o it interests me, at least no richt noo. Mammy said wee boys ainlie want tae experiment, and fae the wee bit ah know, ah'm no disagreein.

'Better tae be an auld man's darlin than a young man's sweetheart,' Mammy said.

Ah'm bein neither, ah fink.

Ah switch tae Fall Out Boy's 'Sugar, We're Goin Down' when Mammy droaps me aff at the bottom o the hill leadin up tae the school. Everwan else writes their favourite bands oan their school bags, pencil cases, or if they're really cool, oan their Converse. Ah'm startin tae fink ah should join in. Ah definitely wouldnae dae it tae ma schoolbag though. Mammy would huv an Annie Rooney efter it cost a guid £20 fae the Argos catalogue.

Morag doesnae huv a school bag. She hus a wee purse she takes everywhere because she's gat a locker at hur big school and, if she's tae be believed, nae hamework.

Ah sit in the cloakroom. Aw the cliques here huv a bench. It's an unspoken rule. Ah'm in the reject corner. That's whit

Harry and Ruth call it, but wur no really rejects. We jist are compared tae the bams in their Lacoste trackies and the popular crew.

The real losers dinnae even get near the cloakroom.

'So,' Dorian says, appearin oot o thin air. Again.

He's no normally near this part o the school.

'Eh. . . Hi.'

'Are you coming to the creative writing club this afternoon?'

'It's startin awready?' ah say.

Ah need tae brush aff ma nervous disposition and accept that Dorian's like a vampire. He kin pop up anywhere. Ah'd huv thocht he'd be gettin his nicotine fix at this time o the day. Ah'd near enough furgat aw aboot the writin lunch club, but ah guess Dorian hus his uses beyond near enough destroyin ma confidence.

'The teachers want to see how much interest there is,' he says, barely peakin oot fae his hoodie. 'It would be great if you came along.'

'Sure,' ah say.

He disappears as quickly as he appeared when Harry and Ruth take their seats beside me in the cloakroom.

The bell rings fur regi.

***

Ah dinnae want folk gettin the wrang idea aboot me and Dorian, especially when there's every chance ah'll no be joinin him in the toap English group.

'Are you two pals then?' Harry says when we sit.

'Erm,' ah say. 'He likes writin an aw, but wur no. . . y'know.'

'Oh no,' he laughs, then gestures tae me.

Ah cannae decide if that's a guid fing or no, ah'm awfae at workin oot whit folk mean when they dinnae speak, but if ye wur tae conjure Dorian's ideal lassie ah imagine she'd be wearin stripy goth clothes fae Tammy Girl, Converse All Star, and mair eyeliner than she kin blink through. She'd be a real beauty too. He's the kind o lad who finks he deserves the absolute best o everyfin. That's jist no me in the looks department.

Ah tried tae gie masel spider lashes wi mascara fae Semichem, but even that looked stupid.

'Just watch him,' Harry says o Dorian. 'He was pals with a girl who never came here. She went to an all-girls school in Glasgow, and from what she told me, he's quite messed up. He's been nice to you though, right?'

Ah fink o Dorian tellin me that he wis better than me. It wasnae the maist sensitive comment in the world, but he did huv the mark in English tae prove he wis better in at least wan department. Fur noo. He wis nice enough tae me when he realised ah wis upset.

'He's just a bit. . .' ah pause. 'Odd. Ah fink he's harmless though.'

'As long as you're sure,' Harry says, smilin.

'Ah fink so.'

'Mibbie aw that crap wi Jenny wis jist gossip,' Ruth adds.

Ah make a mental note o the name: Jenny.

* * *

Ah wonder if there's such a fing as a school trip at the big school. Ah went oan loads at the wee school. Ah'll never furget comin hame fae the Roman baths in Bearsden wan day.

The teacher telt us we could aw grab a wee reid stane as a souvenir. They wurnae fae Jesus' time. They wur fae B&Q. But ah picked up a massive grey rock. It wasnae until the bus ride hame that ah realised ah'd quite literally pinched a stane as auld as Christ.

But it wasnae lang afore ma crime paled in comparison tae Kelly Marie's. Ah fink that wis hur name anyway. A ginger lad in ma class pointed oot a bus stoap, proodly, and said his big sister Kelly Marie hud scratched hur name intae it wi a compass. It wis a weird brag. His front teeth wur like a row o tombstanes.

Ah mind fondlin the bit o Roman bath in ma poacket as he went oan aboot Kelly Marie. At least ma crime wis an accident. But ah panicked nanetheless and ditched it in the playgroond when naewan wis lookin.

***

Ah breathe a sigh o relief when ah turn up tae the lunch club later the day and it's no jist me and Dorian. Hauf a dozen folk are here – fae different years an aw.

Ah take oot ma lunch and start munchin away. Ah've hud some appetite oan me since ah came tae the big school. Ah fink ah'm gonnae huv tae ask Mammy fur an extra roll as ah've normally tanned ma break time snack by second period.

'Welcome,' Mrs Smith says. 'It's great to see so many faces! Let's start off by introducing yourselves and telling everyone what you want to get out of this group. It's not assessed. It's just for fun. Let your imaginations run wild.'

Ah cannae help but feel suspicious o Mrs Smith efter she gied me a Three when she said we wur tae let oor imaginations run wild in oor special place essays, but ah'd been true tae masel wi the competition poem, so ah micht as well be true tae masel again, despite whit Dorian said aboot Great-Granda's work.

Dorian unsurprisingly goes first, but naebody really pays him any mind, bar the odd eyebroo raise. He's ainlie really confident wan-oan-wan or when he's talkin aboot writin.

'Ah like writin in Scots,' ah say next.

The others' ears prick up.

'You're good at it too,' Mrs Smith says.

Ah look at hur in surprise. Ah resist the urge tae ask hur why ah didnae get a better mark fur ma essay, then explain that it's aw aboot understandin folk and the way they talk, no paintin pictures wi wurds. Although ye kin dae that an aw. Scots gies folk a bigger palette o wurds tae draw oan than if they jist use English.

But ah cannae get that big, fat Three oot o ma heid.

Ah tell the group that Scots isnae a pretentious language like English, ah add, because it's a spoken wan. There's nae 'coalescin at the dawn' or any other shite like that.

'Ah love Scots,' pipes up another lassie. 'Ah thocht it wis jist hoo folk talk though – no a language like English.'

Ma eyes widen. Ah regret bein so defeatist. Dorian's jaw near enough hits the flair. Ah burst intae a smile.

'That's braw,' ah reply.

'It's funny though,' she says. 'A lot o folk roond here talk like that, but nane o them write in it. Ah've ainlie ever seen it in Burns and *Oor Wullie*. Dunno if ye've heard o *Oor Wullie*, they were ma Daddy's auld comic buiks. Shame really.'

Ah make a mental note tae find *Oor Wullie* buiks the next time me and Granda Billy are up the Mitchell Library. *That lassie cannae be fae Bonnieburgh*, ah fink. *She sounds jist like me.*

'Fair point,' says an aulder boy. 'Ma Mammy's fae the borders, and she telt me she gat the belt as a wee yin fur speakin in slang – well, that's whit she callt it – even in the playgroond. If it's so bad, why dae we aw speak it?'

Wow, ah fink. Mibbie ah jist gat unlucky wi ma year group, but naewan but the bams in Third Year seem tae speak in Scots. Mibbie the other folk are hidin it though, and ah've jist gien this lot the green flag tae gie it laldy.

'I don't speak like you,' Dorian says.

Even among a bunch o writers who should be his kind o folk, he's wance again well and truly put in the corner. Dingied, as they say. But it's his ain daein.

'It cannae be that bad,' ah say. 'Or else surely the tongue would o died oot?'

Mrs Smith is silent.

'It's allowed oan the telly,' a lassie says the moment Dorian opens his mooth tae get another wurd in.

He's clearly no the best in smaller social situations like this.

'Mibbie we should start writin Scots scripts,' ah suggest.

'Now that would be interesting,' Mrs Smith says, 'especially as you can practice your English in the stage directions. Just be sure to keep the slang to the dialogue – and make it minimal, please.'

Ah want tae ask hur why she's OK wi us usin Scots in certain circumstances, but no aw. Ah'm wise enough tae keep it tae masel though.

Dorian's face is trippin him by the time the lunch club ends. He'd expected it tae be his ain wee personal fan club and no place fur folk tae healthily exchange their ideas.

* * *

He's back tae his usual sel when oor English period rolls aroond. He's even acquired a waistcoat in the oor between the lunch club and sixth period. He must o been aff skivin.

It suits him, dinnae get me wrang. Although ah cannae help but get the impression that Dorian is tryin tae be everywan apart fae himsel. No that maist o us arenae partial tae tryin oan bits and bobs belangin tae other folk at oor age.

Oan the wan haun, he's so self-assured and oan the other, if he wis tae get a bad mark oan his close readin or sommat like that, ah reckon he'd collapse like a hoose o cards. If ye've gat darkness in ye, ye kin spot it in other folk, and God knows ah see it in him.

'We're getting our close reading marks back today,' he smirks.

Ah take a nervous gulp as ah sit. *This is it, Cathy,* ah tell masel, *the day o reckonin. If ah get another Three, ah kin kiss guidbye tae the toap English group.*

Ah take deep breaths in and oot, tryin tae steady ma breathin and keep calm.

Mrs Smith wance again waits until the end o the lesson tae gie us oor marks. Whit she says fur a full fifty minutes may as well huv been white noise tae me. Aw ah kin dae is speculate aboot whit that mark oan ma paper micht be.

Ah try tae replay the questions ower in ma mind even though the test is lang gane, tallyin up whit ah've gat in a worst-case scenario, but it's nae use, and it jist makes me feel mair anxious even though it's meant tae help.

It's like some bad thochts are chewin gum stuck tae the bottom o ma shoe, and the mair ah try and get rid o them, the stickier they become.

By the time Mrs Smith starts haundin oot white sheets o paper stapled taegether, sweat's runnin doon ma back. Ah fear it's soakin through ma white shirt. Ah've no gat a cardi oan.

Dorian, surprise surprise, hus gat a big fat Wan. Karma didnae huv ma back when it came tae him sayin he's better than me. Never mind ma Daddy.

At this stage, ah wonder if there's a Heaven. God should gie Daddy a kick up the arse as he's no bein the angel ah need. He's probably too busy ridin ghostly Harley-Davidsons oan-toap o puffy white clouds tae keep a proper eye oan me.

Ma legs are shakin so much that the table begins tae tremble. Ah've gat chewin gum oan ma mind. The underside o the desk is covered in it, like some messed up science experiment. Ah pray wan o ma legs doesnae bounce up. Gettin that stuck tae ma tichts is the last fing ah need. It's like ma body is betrayin me. Ma fear is richt up Dorian's street.

It's wan o the slowest moments o ma life when Mrs Smith puts the piece o paper doon oan ma desk. Ah'm too feart tae look.

Then the unthinkable happens. A Wan. Ah get a Wan!

Ah turn tae Dorian. Ah realise that he's gat droopy eyes.

'Well done,' he says.

There's reluctance in his voice.

'Ah guess there's still everyfin tae play fur when it comes tae this writin competition,' ah say, standin and haundin ma poem tae Mrs Smith.

Dorian husnae gat an entry. Ah purse ma lips intae a cheeky wee smile. It wis the least he deserved efter whit he said doon the woods.

'I need tae prioritise other things right now,' he says. 'But I'll get to it. You can't force art.'

Ah staund ma groond. 'And there wis me finkin poetry wis yer priority.'

Crosses and Custard Creams

2007

AH ALWAYS GET a guid biscuit when ah go tae ma Poor Granny's hoose. She's gat a big, reid tartan tin wi a photie o Princess Diana oan the front. It's biscuits galore.

But the crumbs are sometimes a problem. Granny Cathy's gat a pouffe that's a biscuit graveyard. It's hur neighbour's grandson. He puts everyfin he wants tae hide fae his Mammy in there and that includes Jammie Dodgers, custard creams, golf baws and playin cards. Ah'm sure there wis a fag butt in there wance an aw.

'There's a wee slither o Battenberg fur ye,' Granny says, settlin oantae hur green floral sofa, fag in haun.

Ah dinnae fink there's any auld ladies in Thistlegate who dinnae smoke. Granny said it aw began at the dancin when she could get three fags fur a penny. She's never stoapped even though money's always been ticht fur hur and Poor Granda. She said he'd rather be six fit under than go wioot a pint and that meant she wis entitled tae hur wee vice an aw. Mine is definitely cake. *But ah'm no so sure aboot this wan*, ah fink, takin a bite. *It's awfae sweet.*

'Hoo ye gettin oan at the big school, Cathy?' Granny asks. 'When ah wis yer age, ah wis up at the dancin, aw sorts.'

Ah smile. Granny Cathy loves talkin aboot the dancin, the bowlin club and gettin courted by Granda. Ah dinnae fink she likes bein auld much, but she's no the type tae try and make hursel look younger like Posh Granny Helen.

She nearly hud a heart attack when Priscilla Presley came oan the telly and said she must be usin Play-Doh, no make-up, tae hide hur wrinkles, even if she wis a beauty in hur day.

'It's guid,' ah replied. 'No rough like St Mungo's.'

'Honestly, if ah could o gat away wi it, ah'd huv kicked ten shades o shite oot those wee bams who made yer life a misery.'

Granny's in guid shape fur hur age, but ah cannae imagine hur in a ficht wi anywan. The maist damage she could dae would be stubbin oot a fag oan somewan's arm.

Hur neighbour Senga walks intae the livin room.

'Wee Cathy,' she says, smilin.

'Hey. You gettin oan alright?'

'Oh,' she replies, taken aback.

Me and Granny look at hur.

'That wis a twang o a Bonnieburgh accent if ah ever heard wan,' she says.

Part o me wants tae sigh and part o me is glad – as much as ah love writin in Scots, ah need tae get better at controllin the tongue ah speak if ah want any chance o a guid joab. Mixin mair English wurds intae ma Scots isnae gonnae dae me any harm.

'Ye still comin tae Aldo's 6oth the nicht?' Senga asks Granny. She nods.

'Better huv yer haunbag at the ready. Ye'll be wantin some sausage rolls fur yer tea the morra!'

Ah laugh. Folk in Thistlegate huv tae be thrifty tae survive. Haun-tae-mooth existences helped by the bingo fur auld wummen and the bookies fur auld men. Funerals, weddings, the odd communion and milestane birthdays help keep their bellies full while somewan else picks up the tab.

Ye kin see the poverty oan Poor Granny's face. It's as wrinkled as a Tunnock's teacake wrapper.

'Whit ye wearin?' Senga asks.

Granny pauses. 'Aw shite.'

'Whit?'

'Ye gat a sewin kit?'

'Wi ma eyesicht? Naw.'

Granny turns tae me. 'Fancy a wee trip doon the shoappin centre, hen?'

Ah smile. She's gat a free bus pass, and whenever ah go wi Granny, the driver always turns a blind eye tae ma fare.

**

The bus stoaps richt ootside the Co-operative, Granny's favourite shoap. Wee Senga rushes aff the bus like a rat up a drainpipe. The Co-operative is a department store. The biggest shoap in the centre. But ah've never seen anyfin in there ah like. Ah jist know it's where ah come fur ma school uniform and the occasional plate o chips.

Granny knows exactly where tae go fur a sewin kit and grabs hursel a carton o cranberry juice fur guid measure.

'Ye've gat tae look efter yersel at ma age,' she says, knowingly.

***

It's not until wur at the till that ah realise Senga's been gone since we gat aff the bus. She runs up tae us, beamin fae ear tae ear. She's shakin a green card wi a leprechaun oan the front.

'Twenty quid,' she says. 'Coffee's oan me. And a hot chocolate fur ye, hen.'

The City Bakers stinks o fags. Granny gets me a plate o chips and ah drown them in vinegar. Senga proudly puts hur winnin scratchcaird oan the sticky table. Ah look at it.

'Ye'll be able tae huv a go soon enough,' she says.

'Mind whit yer Granda says though,' Granny adds, 'a guid gambler knows when tae quit. Probably best no tae bother.'

Ah smile afore poppin a soggy chip intae ma mooth. Ah like salt. Ye get tonnes at the chippy, but Mammy telt me and Morag no tae add it tae oor dinners as it'll gie us a heart attack.

'Me and Gerry could dae wi a bit o company noo Malcolm's so busy, but efter whit happened wi Duke, ah dinnae hink we could handle another dog,' Senga says.

'Wis he a strong hing?' Granny asks.

'He wis a wily bugger,' Senga says, lookin at me.

'Sure, he ran away so many times, we wur oan first name terms wi the radio man.'

'Ah'm surprised he took ye oan the second time,' Granny says.

'Well, that's the hing. Eventually, he didnae come hame, and we thocht the bugger wis gone fur guid.' Senga's cheeks inflated.

'Richt,' Granny says, rollin hur eyes.

Ah'm no sure if she likes Senga that much. She telt me wance that she needs tae get hur act taegether when it comes tae the tinnies.

Ah'm still lookin langingly at the scratchcaird. Ah'm an awfae wan fur the finkin. It's caught ma eye fur a reason.

* * *

'Ah'm awfae prood o ye,' Granny says oan the bus hame. 'Us McDuffs, we're made o strong stuff. As much as yer name's O'Kelly. Yer Daddy wis a strang wan an aw.'

'It's jist. . .' ah say.

Granny looks at me wi hur blue eyes.

'Ah'm awricht. Better than ah've been in a lang time. But ah'm terrified Granny. Whit if sommat bad happens tae me again?'

'It will. Mibbie no fur a lang time, but it's life.'

Ma heart sinks.

'Cathy, ye picked yersel up and dusted yersel aff when a lot o folk wouldnae huv. There wis a lassie at ma school who never finished ower a lesser. . . incident.'

'Whit happened?'

Ah notice masel usin mair and mair English wurds when ah'm aroond ma Poor Granny because she speaks in such broad Scots. It's ainlie been twa month and ma accent's changin. Ah resent and welcome the realisation.

Ah couldnae be mair oan the fence wi ma language at this point. Ah jist dinnae want tae amount tae nought. Ah need tae master Scots and English.

Scots micht be celebrated when it's written doon fur some folk, and as much as ah'd hoped Mrs Smith would be wan o them, she isnae.

'Dina,' Granny says, fixin hur eyes oan a discarded newspaper wi a fitprint ower the headline. 'She wis exchange student. She farted. In front o the whole class. The wee bams, aye, we hud them back in ma day, they wur roarin wi laughter. Never saw heid nor tail o hur at the school again.'

'She quit school ower a fart?' ah say, laughin.

'Not a wurd o a lie.'

'Poor lassie.'

'Honestly, it would o been lang furgatten if she hudnae left the school.'

'Someone even said "Hus the farmer been oot sprayin his fields?" when they smelt it.'

'Oh ma God,' ah say, laughin.

Granny notices that ah'm starin at a bettin shoap.

'There's nae money in that, hen.'

'Ah know. It's jist gat me finkin about takin chances and aw that. Yer no playin it safe if ye gamble.'

Ah stare oot the dusty windae at the colourful coats o the shoappers. Scots isnae playin it safe an aw. *And who ever achieved anyfin by playin it safe?*

Granny puts a wrinkly haun oan ma arm. 'Want me tae get ye a scratchcaird, hen? Ah fink ye deserve a wee bit mair guid luck anyway.'

'Really?'

'Aye.'

Ah insist oan gien Poor Granny the pound. She's really no gat money tae burn.

* * *

The corner shoap is a grey buildin. There's reid and yella signs that look like they've been there fur cuddies' years and a wee man at the counter wi a big fuzzy beard. Granny sidles up tae the counter. He turns, takes oot a twenty-pack o Benson & Hedges and opens the till wi a ping.

'No the day,' she says. 'Kin a huv a Lucky Donkey?'

He takes a caird oot the machine wioot another wurd. Ah look doon at the flair. Ah'm no quite sixteen. Ah dinnae want tae be suspicious. The tiles are dusty, but it husnae stoapped the shoapkeeper fae pilin boxes o Bubbaloo and Brain Lickers oan them at a perfect level tae catch the eyes o the weans.

When the till pings again ah follow Granny ootside, grateful tae huv the smell o too-ripe bananas replaced wi fresh air.

Granny gies me a rusty twa pence and the caird as she lichts a fag. Ah vow tae gie hur any money ah win, fur aw it wis boucht wi ma pound. Ah jist want a shot at daein the scratchin fur masel. It's no as easy as it luiks. Some o the silver stuff gets stuck beneath ma nails.

Ah cannae make heid nor tail o the results. Ah gie it tae Granny.

'Not a bad bit o luck,' she says. 'A tenner. Better than a slap oan the face wi a wet fish.'

'Keep it,' ah say.

'Not oan yer Nelly, young lady. Gies a second and ah'll cash it wi Big D.'

'Are ye sure?'

Granny furrows hur broos.

'Ah micht be a pensioner, hen, but ah'm no quite as poor as the church moose yet.'

Ah smile. There's nae such fing as a coincidence. Guid luck comes in threes. Ah make a mental note tae get hur a yum yum fae Greggs next time as a thank ye.

That's ma sign, ah fink, tenner in ma haun. Mibbie ah hud tae go through so much pain at the wee school so ah could find the courage tae be masel, tae write in Scots. Nought worth huvin came easy either.

Ma special place essay wis a bump in the road. Ah fink o the folk in the creative writin group. Ah'm no the ainlie wan who loves ma mither tongue. Ma Wan in ma close readin wis proof that ah could maister Scots and English.

* * *

Ah go tae the local pet shoap and get Puffin a wee moose toy oan a stick. Ah've always loved pet shoaps, as we've never hud the money tae go tae a zoo or anyfin like that.

Ah play wi Puffin in Mammy's room, finkin o Daddy and hoo he always seemed tae huv mair faith in me than maist. He used tae tell me ah wis made o strang stuff and Posh Granny's never let me furget it.

Wee Puffin's jumpin up and doon huvin the time o his life and then it happens. The festoon blinds swing to and fro. But the windae is shut. The radiator is aff. Again.

Ah fix ma eyes oan the blinds. Puffin is lookin an aw. Poor Granny said that animals kin see intae the other world.

Puffin crouches doon, meowin. If there's a peerie ganfer in here, he kin see it. Ah'm feart and hopeful aw at the same time.

The curtains stoap movin the moment Mammy comes intae the room. She kin tell fae ma face that it happened again.

'Ah guess yer Daddy wants ye tae know he's watchin ye,' she says.

Ye should never put God tae the test, but ah wonder if Puffin's ma Daddy reincarnated. Mibbie he wanted a shorter stint this time so he could be wi Mammy when hur time comes. Ah ask him fur a sign tae prove it. A sign fae Puffin.

It's no like the curtains hud started movin oan any auld nicht. This is the time o ma life when ah really need tae prove masel.

All the Young Dudes

2006

THE LIBRARY HUD a stand filled wi CDs. Ah couldnae get enough o them. Ah made ma way through the *Goosebumps* buiks when ah wis at the wee school, but music, it wis different. It wis like the folk ah wis listenin tae wur talkin tae me. God knows ah needed them while ah wis bein taught at hame. Each album wis a new pal. Ah needed mair than few o them.

Ah wis lookin fur some nice album artwork fur ma iPod when ah made the discovery o the year: All the Young Dudes' David Bowie site. Ah know yer supposed tae steer well clear o chatrooms when yer ma age, but this wis different.

The forum wis a like a chatroom, but ye kin read everywan else's conversations, and they wur aw aboot music. Maistly. Ah'd never heard o anyfin like it afore, but ah'd absolutely nought tae lose bar ma library caird.

'Please sign up to view this thread.'

Ah didnae fink twice about daein it. Ah wanted some new music recommendations, and ah certainly wasnae gettin them fae Mammy. Hur copy o *ABBA Gold* lost its appeal lang afore the bullyin at the wee school started.

Ah paused and hud a quick swatch o the library. Life hudnae been peachy fur me; no that ah'd gone wioot, but at least ah wis at the age where ah could comfortably start again and no feel like too much time hud been lost.

Ah jist needed tae weather the storm, as Mammy said. It's makin mair sense noo ah'm at the big school.

Ah confirmed ma email address, and ah wis soon doon a classic rock rabbit hole. Ah grabbed a sheet o paper fae the printer and a pencil that looked like it hud been eaten by a dug tae record ma findins.

SANGS
'By the Licht o a Magical Moon' – Marc Bolan
'Reality' – David Bowie
'Teenage Wildlife' – David Bowie
'Sweet Thing' – David Bowie
'Please Mr Gravedigger' – David Bowie
'Misery Business' – Paramore
'Telephone' – Lou Reed
'All the Young Dudes' – Mott the Hoople
'Sexy Sadie' – The Beatles
'1985' – Bowling for Soup

The list, as ye'd expect, wis quite Bowie-heavy, but there wis a fair few other sangs oan there an aw. Widen yer horizons and aw that.

Ye'll be a new lassie by the time yer at the big school, ah mind finkin.

It didnae take lang afore ah wis oan a thread that wis jist chattin. Some poor bugger, LadyMidnight, hud poured hur heart oot. Sommat aboot work problems, aboot bein walked aw ower and made fun o.

Ringo replied, **'You've got the soul of an artist. Never forget that.'**

Ringo's the salt o the earth as ma Poor Granny says. As much as it wis somewan else's conversation, ah related. Ma whole life hud gone tae pot. *Ah should be at the big school by noo*, ah thocht. Hameschoolin wis ainlie meant tae be a temporary solution.

The wheels in ma heid wur daein owertime. Ah fink ah'd huv fared better at the wee school if ah'd hud an ootlet like this. An impartial opinion oan the bullyin could o made aw the difference.

Ah still struggle when the bullyin crosses ma mind and that day wis nae different. Ah loved the library, and ah wis determined tae still go, even if it wis across the road fae the wee school and aw the bad memories it held.

Aw the bams hud moved oantae St Mungo's by then, but ah'd jist been left behind. It wasnae fair. Ah wis still sufferin, and they'd gat away wi it scot-free. Largely because the teachers at the wee school wur spineless buggers, as Mammy said.

She said ah wis stronger than the lot o them because ah kept gaun despite whit they did, jist like Granny did, even if ah cannae stoap it playin ower in ma heid like a bad, broken record.

* * *

Ah cannae even mind hoo the final straw began. Ma primary school days wur ower aboot five minutes efter it started.

It wasnae Scott, he wis lang gane tae the big school by then, but ah still blame him fur pointin me oot tae the other bams who'd the insatiable urge tae pile oan some poor wee bugger jist tae feel big themselves.

Growin up, ah never thocht ah wis an ugly lassie. Ma appearance didnae really matter tae me until the bams telt me ah'd sommat tae be worried aboot.

Ah've eyebroos Mammy said folk would kill fur and darker features than maist folk fae roond here. Mammy said ah'm part Italian. Posh Granda wis apparently christened Giuseppe, but hud his name changed tae William durin the war. Ma slichtly different look didnae go unnoticed wi the bams.

Wan efternoon, when the teacher's back wis turnt, wan o the bams drew a picture o me tae mock hoo ugly he thocht a wis. Cameron McGlintey hud drawn a face wi a pencil and then added ma eyebroos oan wi a big, thick black pen.

'That's ye,' he said laughin.

Ah snapped. Ah'm no an angry lassie, but it wis too much. Ah'd been gettin callt a cave wumman fur weeks afore that. Ah couldnae hauld ma temper any langer.

His jaw near enough hit the flair when ah grabbed the drawin oot his haun and ripped it in twa. The teacher wasnae in the class, and ah mind stormin oot tae the heid's office. Ah didnae cry until ah wis oot o earshot o the other pupils.

'What's wrong?' a receptionist asked when she saw me rushin by.

Ah burst intae tears. She callt Mammy.

Ah hud tae wait ootside the office like ah wis in trouble or sommat until she arrived. Ah hud a *Harry Potter* journal fur ma writin. It hud a sticker sheet at the front. A wee boy in Primary Twa wis admirin it. Ah gied him a Ravenclaw sticker and made his day even though mine hud been ruined.

As Poor Granny Cathy said, 'It's nice tae be nice, and the guid ye put oot intae the world comes back tae ye.'

'So whit the hell are ye gaun tae dae aboot this?' Mammy shouted when she burst through the school doors.

Ah'd never seen hur so angry afore. She knew that Cameron hud put his hauns around ma neck the year afore and said it wis jist a joke. The teachers believed him and he ainlie gat a slicht tellin aff.

The heid came oot hur meetin and telt Mammy tae calm doon. Ma class teacher Mrs McMorgan eventually turned up an aw.

'I don't know what to do,' she admitted. 'Most of the class are in on it. It's out of control.'

'They are weans!' Mammy screamed. 'Ye cannae control a bunch o plukey wee weans?!'

Ah mind the teacher fixin hur eyes oan the blue carpet. She must o known Mammy hud a point.

Mammy shook hur heid. 'Come on, Cathy. Ye've ainlie gat twa months left at this school. Ah mean, shitehole. Ye can finish yer work at hame wi me.'

She'd already put a placin request in fur Bonnieburgh Academy efter the chokin incident, and we both hud oor fingers and toes crossed that it wis ainlie a matter o time afore it wis accepted.

Ah felt relieved when ah walked oot the wee school that day, hopin that Ravenclaw sticker micht o boucht me a new start. Ah couldnae huv been mair wrang. It did, ah guess, but ah wis gonnae huv tae suffer mair afore it became a reality.

* * *

'Primary Four!' a familiar voice said, interruptin the daydream ah wished ah wasnae huvin in the library.

It wis ma auld primary school teacher, Mrs McMorgan. She'd maist likely spotted me at the computers. It wis a school day. She'd huv known that Mammy wis still teachin me at hame because money fur a private education doesnae grow oan trees.

Ah fixed ma eyes back oan the computer. Fur aw she knew, ah could o been daein sommat awfae important. *It wis, in a way*, ah mind finkin, even though Mammy hud telt me ah needed tae finish the latest unit in ma math's buik afore ma tutor arrived the nicht.

Everywan oan the forum seemed like they wur a part o sommat. Some said they wur browsin the recommendation threads at aw hours o the nicht. It made me wonder if ma heid would be less messed up if ah had an escape like this at aw hours.

But ah'm still a wee lassie, well, wee enough, and ah've hud the dangers o the world wide web drummed intae me. Ah dinnae dare make a thread, as they're callt, o ma ain.

Even then, at whit felt like the end o the world, or at least the world ah knew, aw that mattered wis ma wee stories and the possibility that, wan day, ah'd get tae share them.

Ah wis intae the writin fae the moment ah could hauld a pencil. Granda Billy helped when he introduced me tae Burns. It's been the love affair o ma short life so far.

The timer oan the library computer ran oot. It wis time tae go hame.

Dorian's Virtual Love

2007

MA EYEBAWS ALMAIST pop oot their sockets when Dorian walks intae English the day. Efter endin last week oan a high note, ma weekend passed in a happy blur. Ah didnae fink he hud it in him, but the bugger looks. . . well, almaist normal. He's cut his hair aff and opted fur a short back and sides. The front is spiked wi so much gel it could probably stab somewan. If it wasnae fur his shapely eyebroos, ah wouldnae huv recognised the bugger. Underneath his white shirt, he's wearin a grey tee wi a manga character oan the front.

'Should ah call ye Mark noo or whit?' ah say when he sits.

He looks like he's aboot tae burst intae tears. *Whit the puck's gaun oan?* Never in a million years did ah fink ah'd see anyfin that resembled vulnerability fae Dorian.

Ah almaist feel bad fur ma comment, but ah wis ainlie messin. There's me feelin guilty again aw the time again.

'I didn't,' he pauses, 'choose this.'

He takes oot a few sheets o paper fae his bag. There's a lang poem, and fae whit ah kin gather, it's aboot an auld man lookin back oan his life. His marriage, weans, and there's even a few lines about thistles o aw fings. It looks guid. Unusual fur Dorian no tae be writin aboot himsel, but clearly sommat hus happened tae gie the bugger a shake.

Fur aw wur young, twa days doesnae usually make that kind o difference tae somewan's life. Ah'm desperate tae find oot whit happened.

'Ah guess ah've gat competition then,' ah say, smilin, and gesturin tae his poem.

'Hmph,' he says, afore puttin it back intae his bag.

Twa lassies are pointin at Dorian.

'Who's that guy?' someone else whispers.

Ah guess there's some truth tae the sayin that a guid haircut kin change yer life. Ah run through aw the reasons why Dorian micht huv gone fur such a drastic change o appearance. Mibbie it's fur a lassie. It's definitely no fur Mrs Smith.

When she starts the lesson, which is maistly silent readin o *Underground to Canada*, ah pass Dorian a note that reads: **'spill'**.

Ah've never passed a note in a class afore, but ah'm feelin bold efter tacklin the bog wall last week.

He narrows his eyes when he reads it, but he soon starts scribblin back. Ah wish ah could read his upside doon writin. It feels like an eternity afore he finally passes it back.

'My love,' he replies. **'She wanted me to.'**

His love? ah fink, hidin the scrap piece o paper behind ma buik. There wis me assumin that Dorian wis a bigger VL than me.

'Who is she?' ah write back.

'The most beautiful woman in the world,' he replies. **'She doesn't go here.'**

She doesnae go here.

Well, that's me telt, but ah need tae know mair. Ainlie the bams huv boyfriends and girlfriends and whisper aboot the likes o BJs behind the bike sheds.

'Where did you meet her?' ah ask.

'Online.'

Oh God, ah fink. An internet girlfriend. It doesnae matter whit age ye are, that's jist askin fur trouble. This is why Mammy willnae let me or Morag wi'in twa fit o oor computer at hame wioot an eye ower ma shoulder. Ah dinnae fink she realises that ah've gat a bit mair freedom thanks tae ma library caird, but ah keep ma lips well sealed aboot that wan.

Back in the wee school, we went tae a chatroom workshoap, and ah gied the person ah wis talkin tae the runaroond. Ah wish ah hudnae.

They said their name wis Emma in the room, but ah honestly thocht it wis a robot or some bugger livin in their mammy's shed in the middle o North America. Then it turnt oot that ah wis takin the mickey oot o a man aboot the same age as Daddy would o been if he'd no passed – and they wur in the same buildin as me. Thankfully, ah didnae get intae bother. But a lesson wis learnt aw the same.

'Huv ye met hur?' ah whisper.

'Not yet.'

Fur aw Dorian said he wis better than me, he couldnae be the brichtest crayon in the box if this wis the type o fing he gat up tae in his spare time.

As much as ah like the folk oan the forum, especially Ringo, there's nae way on God's green earth ah'll meet them, let alane get intae an internet relationship. Imagine finkin some bugger's yer soulmate – the wan, as they say – when ye've no even met them.

Ma brain micht misfire daily when it comes tae the worryin, but at least ah'm no that bad. It gies me mair hope that, against the odds, ah'll somehoo wangle ma way intae the toap English group and get oan the path tae writin success.

'You should have all read up to at least page fifty,' Mrs Smith says at the end o the lesson. 'If you haven't, that's your homework.'

Ah gie ma heid a subtle wee shake tae pull masel oot ma nosey parker trance. As much as ah love English, it doesnae normally go that fast.

Ah look at ma yellad copy o *Underground to Canada*. Ah'm ainlie oan page twenty. Ah sigh, angry at masel fur gettin distracted. But in ma defence, anywan in their richt mind would o hud questions fur Dorian efter such a drastic change o appearance.

* * *

Ah near enough huv a heart attack later in the day in PE. Miss Bruce struts across the gym hall's wooden flair and tells us that we've no tae get changed oot oor uniforms. We've jist tae take aff oor ties and put oan oor sports shoes.

'It's your first social dancing lesson,' she says, beamin.

Social dancin?

Ruth reads me like a buik and says that every year, whenever the teachers are up tae it, they teach us hoo tae ceilidh dance. Apparently, it helps them meet their targets fae the Scottish government. And then she gies me the kicker – we huv tae learn wi the boys.

Ah've gat two left feet. When Granda Billy tried tae get me gaun at a ceilidh wance, ah went flyin.

A door opens and the boys flood intae the gym hall. It fills wi nervous chatter.

'There's an equal number of boys and girls,' Miss Bruce says, wan step aheid o us. 'So everyone partner up.'

Ah search fur Harry's fiery reid hair. Ruth's joined fae the other lassies' class, and she's rushin taewards him. Ah get there first and beg him wi ma eyes tae pick me.

'I'm sorry,' he says, gesturin tae hur.

Ruth smirks. Ah sigh. Some pal. *Whit chance dae ah huv o findin a boy tae dance wi when ah didnae go tae the wee school wi any o these buggers?* Ruth knew mair folk than me.

That's it, ah fink. *Ah'm done wi Harry.* At least fur a day or twa. He's made his choice, and Ruth's no exactly gonnae be a guid pal tae him the mair grawn up we get. Ah doot it anyway.

Ah feel a haun oan ma shoulder and turn. It's Dorian.

'Um,' he says.

Ah roll ma eyes afore briefly searchin the gym fur some other poor soul, but there's naewan left. Fur aw he looks like a new man – well, lad – in English, noo that wur in the sticky gym hall, ah kin smell his curry pits again.

Could ah get away wi fakin an asthma attack or sommat? ah wonder. But ah'm jist as bad at the actin as ah am at the dancin, and ah'd been forced tae join the choir o shite singers at the wee school's rendition o *The King and I* fur a guid reason. There wis nought ah could dae wioot soundin like a cat that hud jist hud its tail stepped oan.

Ah gie Dorian a sheepish nod.

Afore ah've hud a chance tae owerfink the situation, Miss Bruce hus us standin side by side wi oor partners in a big circle roond the hall.

The boys' teacher, a fella named Mr Jones who'd hauf the girls in the school swoonin ower him, takes Miss Bruce's hauns and they step forward twa three, back twa three.

Fur aw me and Dorian wur gonnae make an odd couple, at least, ah hoped we would, those twa looked mair oot o place than junkies in a chapel.

Dorian takes ma haun. Ah shiver at the touch o his sweaty palm. Ah've always been paranoid aboot germs since ah gat ma tonsils oot.

Ah look at Harry and Ruth. She laughs as he gies hur a twirl. Mibbie she's no hud pals afore and she's funny wi me as she sees me as threat. *Arseholes*, ah fink, afore Mammy's disapproval pops intae ma heid and makes me feel like ah should say a *Hail Mary*.

Miss Bruce presses play oan a big, chunky cassette player and Highland music plays.

'This dance is called the 'Gay Gordons',' she says.

At least it's no a slow, romantic waltz, ah fink as the upbeat music begins tae play.

Ah look intae Dorian's eyes afore the circle starts movin. They're his ainlie hauf decent feature. A green-blue colour. He looks richt through me, and ah cannae help but feel like ah'm bein judged. Again.

Why me? ah wonder as we take the first few steps o the dance.

'Broken people are drawn to me. Misery loves company,' Dorian says, his face close tae mine. 'She's special, but she needed me to change a bit so she could trust me.'

'Sweet baby Jesus,' ah say under ma breath.

'Ah'm no broken,' ah say, as he gies me a wee twirl.

'Keep telling yourself that.'

Mammy always says that ah cannae let fings go. Ah worry and ah worry until ah cannae worry anymair, and part o that means ah get stuck oan fings. Like the anger ah felt when ah wis forced tae leave the wee school.

She said that if ah'd any love fur hur, she and Daddy would be ma heroes. That ah'd let the hurt o the bullyin go fur hur and be a guid, happy lassie. *But hoo can ah let go o whit Dorian said doon the park when he's standin richt in front o me?*

'Why do you care so much about what other people think of you?' Dorian asks.

Ah dinnae, ah fink, takin twa or three steps back. *Ah jist want tae dae well. Tae prove that ah'm no jist a lassie who comes fae nought and is destined tae stay there.*

Me and Dorian turn tae each other. He puts his arm roond ma back. Ah'm no sure it's part o the dance. He's warmer than ah could o expected. He looks dead intae ma eyes. Ah look away. Not in a million years.

'I told *her* how warm I always am,' he says. It turns oot that the bugger is a mind reader an aw. 'She thinks I sound like a wee hot water bottle.'

'Oh richt,' ah say.

Internet girlfriend. Ah get fancyin somewan fae a photie, but no investin yer thochts and feelins intae the bugger. Ah bet there's folk oot there wi internet girlfriends and boyfriends oan the other side o the world.

It's the modern equivalent o fallin in love wi a fictional character or a celebrity. Ye dinnae know the person, so ye jist fill in the blanks wi yer imagination at the expense o folk ye micht jist like in the here and noo – and yer mental health.

Ah know ah'm at the age where boys should start tae appeal tae me. Morag's jist started the big school, and she's awready there, but ah'm jist no interested. Sometimes ah fear ah'm intae lassies. No that there's anyfin wrang wi that, but ah know mair than maist how bad folk kin be. Ah dinnae fink ah am either.

If ah want tae write in Scots, ah cannae afford tae fink aboot anyhin else. The rest o the lesson passes in a blur o school uniforms and ceilidh music.

Sixteen

2007

AH'M SIXTEEN NEXT week. The big wan six. Aw grawn up –
well, ah would o been in the aulden days. Mammy says ah'm
an auld soul, and ah fink she's richt. It wis the bullyin and
losin Daddy. Ah hud tae grow up. Ah'd still be like a wee girl
in a lot o ways if it hudnae been fur the forum. Readin aboot
other folk's lives helped me tae grow up in a way that Mammy
wasnae prepared tae let me dae. It wis God's way o gien me a
chance when ah came tae the big school.

Ah've no hud a birthday party in years. The last wan wis in
a bowlin alley. Ah mind bein so excited tae get ma wee hauns
oan a ball that ah dropped it. The bugger bounced back and
hit me in the face because ah picked the lightest wan. Ah wis so
happy tae be huvin a party that ah laughed it aff.

Ma pal nearly gat hur haun stuck in a penny faws machine.
We went fur a Wimpy efterward.

Ah've no been back since.

Ah never furgat hoo happy ah wis back then, so mibbie it's
time tae chance ma arm and dae sommat fur ma sixteenth. Yer
ainlie sweet sixteen wance efter aw. And ah've finally hud a new
start efter o years o bein stuck at hame wi next tae nae pals.

Everywan else at the wee school but me hus awready been up the toon wioot their parents.

'Whit's there tae dae up the toon?' ah ask Harry at lunch.

Harry's fifteen an aw. He's gat a summer birthday like Dorian. Ah didnae feel like such a freak fur gettin held back a year when ah found oot ma pal wis the same age, fur noo.

'Well, depends on what group you're in,' he says. 'If you're an emo and under eighteen, you hang out on the steps outside Borders bookshop.'

'Why?'

He shrugs.

'Then there's the Catty.'

'The Catty?'

'Unders Rock Club. The only place worth going at night if you're not a bam, to be honest. You wouldn't catch me dead in Jumping Jacks.'

'But we're all underage?'

'That's why it's called the Unders. You can get in if you're thirteen and over.'

'Well, it's ma birthday next week. . .'

'Wanna go?' he asks, smilin.

He's read ma mind.

Ah nod, searchin ma brain fur a cover story fur Mammy. She's awready said ah'm auld enough tae go up the toon. Ah'm guessin she wis finkin ah'd go tae the pictures or shoappin and not tae a. . . club. There's nae way ah'd get intae an adult wan, no wi twa pancakes oan ma chest, so this wis a guid alternative, and it came wi the bonus o nae pressure tae drink. At least, ah fink there'll be nae pressure.

'Ruth's not actually been to the Catty, either,' Harry admits.

She's aff at orchestra practice the day. She's built like a twig, but plays a French horn that she kin barely hauld the bell o. She telt me it wis callt a bell, and it made sense. The end o hur horn is the same shape as the flashin bells they put up at George's Square every Christmas.

A lot o tone deaf folk try tae get in oan the action o Bonnieburgh Academy's music department. Ah'm no wan o them.

'Reckon she'd be up fur it?' ah say.

'Her mum's really strict,' Harry reveals. 'She wouldn't even let her come with me to a concert.'

Ah keep ma lips sealed aboot ma Mammy in case Harry gies up oan the first party ah've arranged in years. A wee white lie willnae hurt hur, and it willnae be ma first. No that twa folk is really enough fur a party, but in the context o a club, ah reckon itcounts.

The guilt fae the biggest lie ah've ever telt eats me up tae this day. But Mammy jist wouldnae understand. Part o me wonders if it's why fings went so wrang at the wee school and why ma heid's no recovered fae it aw. Ah know whit ah did wis wrang, but ah'd ma reasons.

* * *

Mammy's gat some temper oan hur when she gets gaun. Ah'm no really like hur, but when ma rabbit Benji died, ah realised that if ah'm pushed far enough ah'll say jist aboot anyfin tae get oot o trouble.

Milo wis ma first rabbit. A gorgeous black bunny wi white roond his eyes. It looked jist like rabbit eyeliner. He followed me roond the garden. He lived there an aw, in a green hutch Daddy made.

Ah hud him fur year until the unfinkable happened.

There's a farm behind oor hoose, and it hud snowed awfae heavy. Mammy used tae let Milo stay in the conservatory when it wis cauld, but she didnae that nicht.

The snow fell as we slept. Ah woke tae find scratches aw ower the green paint o the hutch and tufts o black fur scattered roond the garden.

The tufts hud skin attached tae them, but ah wasnae gien up oan ma best pal so easily. There wur footprints in the snow. Mibbie Milo wis hurt and needed ma help.

Ah asked every neighbour if ah could check their garden fur him and hud a swatch roond the farm fur guid measure. But he wis gone.

A week later, Mammy took me tae the SSPCA fur a 'look' and that's when ah clocked Benji. She said she'd fink aboot lettin me adopt him.

A few days later, ah came hame fae school tae discover that Granda Billy got him fur me. Ah could o gret wi happiness. The green hutch Daddy made wasnae empty anymair.

Poor Granny wance said o Granda, 'Hen, there's many ways tae win the lottery and ah won it when ah met him.'

She wis richt.

When Milo gat eaten, it felt like ah'd lost the last livin fing Daddy hud gien me. Granda knew that and hoo tae make it better.

'Benji,' ah said. 'Jist like Benjamin bunny.'

Benji wis a huge rabbit compared tae Milo – white and grey wi big floppy ears. He wis like sommat fae a Disney picture. He must huv been glad tae get adopted as it wasnae lang afore he started tae follow me aroond the garden an aw.

Ma happiness wasnae tae last.

Mad Murray next door hated ma family. He wis a creepy bugger wi curly broon hair. The kind o man who'd keep a wean's baw if it accidentally gat fired intae his gairden. But Mad Murray met his match in me.

It aw began when we briefly gat a dug. Mammy and Daddy hud always wanted wan, so we went tae the shelter again. We gat a beautiful auld dug callt Jess. Mad Murray hud it in fur hur the moment he swatched hur in oor gairden.

He'd some cheek. Mad Murray hud a leather thong oan his washin line fur months even though he knew fine well there wur weans livin next door. Ah wonder if a fox ate it or sommat because wan day it jist disappeared. He could be wearin it tae this day fur aw ah know.

Jess hud separation anxiety, but Mammy ainlie works part-time, so we thocht it wouldnae be a problem. But oan Christmas Day, we went oot tae Poor Granny and Granda's shindig at nicht, and Jess wis barkin. It must huv ainlie been fur an hour or twa, but Mad Murray went and callt the polis, and we hud tae take Jess back tae the cat and dug hame.

Who does that tae weans at Christmas?

So ah did whit any self-respectin delinquent would dae. Ah egged Mad Murray's door and pinned a note that read 'Scrooge' tae the gunk.

That'll show him, ah thocht.

Mammy didnae tell me aff even though ah wis expectin tae get clipped aroond the ear. It wis wan o a few occasions where ah reckon Morag's looked up tae me. Mibbie that's why ah'd nae qualms aboot gaun truly mental when the unthinkable happened a few months later.

Mammy woke me up. Hur eyes said it aw. She'd found Benji deid ootside his cage. But we'd installed big padlocks tae stoap the foxes. The ainlie way in wis liftin up the roof, which meant that some black-hearted bastart hud killed ma Benji.

It hud tae huv been Mad Murray.

Mammy said it hursel. But we'd nae proof.

We sent Benji aff tae the vet hospital in Glasgae fur a post-mortem. Posh Granny insisted oan payin fur it. But we dinnae fink they did it properly.

They said he'd some disease. Rabbit hemorrhagic disease. Ah looked it up oan the computer. Mammy said he must o gat it fae the farm behind oor hoose, but he wis never oot oor gairden.

And that didnae explain hoo he'd gat ootside his cage.

Ah wis oot fur blood and decided tae make Mad Murray's life a livin hell.

Whenever ah saw him in the gairden, ah'd stand at the windae and stare. Naewan likes tae get stared at. But eventually, ma anger gat so much that ah'd start greetin in the gairden jist tae annoy him – and let the neighbours know sommat wis seriously wrang.

Ah wis jist a wean, but ah wis auld enough tae know that he couldnae call the polis oan me fur greetin.

Mibbie it took so lang fur ma placin request tae go through because o whit ah did. Tae this day, ah'm sure Mad Murray wis guilty.

Ah callt him a rabbit murderer in earshot o the other neighbours an aw. Mammy doesnae know that. Ah dinnae fink she'd blame me. But lyin aboot gaun tae the Catty is small change compared tae gaun after somewan like that, oan the aff chance he wis innocent.

* * *

'Whit's it like in the Catty?' ah ask Harry.

He tells me it's dark and that it's probably no a bad idea if ah get ma goth oan aforehaun, if ah've gat any clathes that fit the bill. Well, ah dae like the *Corpse Bride* and ah've seen *Beetlejuice* an aw.

Ah fink o a ticht enough toap ah'd bought in Primark's sale wi ma poacket money. It's dark pink wi black, cheetah print spots. Mammy hates it, so ah know it will be perfect.

'Even if you hate the music,' Harry says, 'it's always worth going to the Catty at least once to see the characters.'

Then he launches aff intae a tangent aboot hoo he's never swatched the club's biggest legend: Ladybug Lachlan.

Harry says Ladybug Lachlan ainlie goes tae the Owers because he's, well, auld, but he's easy tae spot as he doesnae step fit in the area when he's no wearin a corset and reid, ladybug print tutu. Harry says he's normally floatin around efter the Unders ends.

'Does he want tae be a wumman?' ah ask.

'Apparently, he's totally cool with being called a guy,' Harry says. 'I guess that's just how he likes to dress up.'

'Amazin,' ah say, finkin o the time ah gat callt a wurd so bad ah'm no even gonnae remind masel o it.

It happened because ah'd the audacity tae wear a blue toap and baggy grey shorts oot tae play. That didnae go doon well wi the lassies oan ma street, even though ah'd gone oot, as innocent as they come, pleased that ah'd worn sommat comfortable.

It's part o the reason ah'm no sure hoo ah feel aboot still bein a virgin lips. A lot o lassies, at least in Thistlegate, dinnae like lassies who like lassies. Ah dinnae like anywan.

* * *

'Mammy,' ah say later that day. 'Is it okay if ah go up the toon fur ma birthday?'

She bursts intae a smile.

'Ah wis hopin ye'd huv plans wi yer new pals. The pictures, is it?'

'Aye,' ah nod.

It wis ainlie a hauf lie. Ah wasnae lyin when ah said ah'd plans wi ma new pals. Ah'd jist gone alang wi hur cinema assumption. That's no the same as properly lyin. *Is it?* Jist like when ah brought wee Puffin hame.

'It's late. A scary picture. Is that awricht?'

'O course,' Mammy says, smilin. 'Ah'm no that much o an auld fart.'

Ah giggle. Mammy always likes tae act like she's no as strict as she is. It would almaist certainly be a different story if she knew the truth.

Hellfire

2007

AH'M DAEIN A practice run up the toon the day. Ah want tae take it aw in alane fur wance – the hustle and bustle, the goths oan the steps o Borders, the big HMV. Ah dinnae want tae look as green as ah'm cabbage-lookin. Mammy agreed. The day's the last day ah kin get a child fare. Legally anyway. Ah doot many folk would take me fur fourteen let alane fifteen.

'Noo Cathy,' Mammy says as she droaps me aff at Singer Station, 'ah've put a tenner in yer phone. Ah know ye've gat credit, but ye cannae be too careful up the toon.'

She's para, as they say at the big school, but a free toap up is a free toap up. Ah smile.

'Ah'll text ye as soon as ah'm in Central Station.'

Mammy looks almaist as nervous as she did the day she droapped me aff at the big school. She finks ah'm meetin Rachel fae the Guides fur a Starbucks, but she's husnae replied tae ma text this mornin. Ah'll go anyway. Ah've always wanted tae try a Starbucks.

Ah'm confident Harry willnae let me doon when it comes tae ma sixteenth, and that's whit matters at the end o the day.

Rachel's as borin as they come anyway. When she's no at Guides, she's up hur Proddy church at discos. Even Mammy isnae that bad. She's never mentioned God or anyfin like that tae me. Ma Mammy gat it oot hur mammy and decided she'd be a guid pal.

Rachel looks like a nice lassie an aw, Mammy said. She's gat longer dark hair than me. She's always gat it tied back like Morag. Hur eyebroos are even thicker than mine.

'This is Singer,' a voice says when ah sit doon oan the train. 'This train is for Glasgow Central Low Level, the next stop is Drumry.'

Ah spend 10p oan the Google. Ah heard twa lassies in ma regi class talk aboot the shoaps up the toon. Ah've ainlie gat £20 oan me, but ah reckon it micht get me sommat guid. The lassies said sommat aboot a place callt Hellfire. Ah looked it up. Richt across fae the art gallery, which is a straicht line tae the richt when ye turn oot o Central Station.

Ah smile as the concrete o the ootskirts o Glasgae whizzes by. The train windae is manky. There's an aulder lassie sittin across fae me wi a big buik filled wi sticky notes. She's gat the fanciest mobile phone ah've ever seen, and she seems a lot mair interested in that.

Ah swatch hur screensaver. It's a photie o hur wi a princess crown oan. *Ah could never be that vain*. Ah dinnae fink ah've ever dressed up as a princess, even as a wee lassie, never mind at the age ah am noo.

Hur phone rings.

'Oh my god,' she says in a hauf Scottish, hauf American accent.

Ye shouldnae earrywig, but it's no like ah've gat anyfin better tae dae. This trip's aw aboot learnin the ways o the world, so that's whit ah'm daein. Ah'd deliberately left ma writin notepad and English buik at hame.

'She's such a slut,' the lassie continues. 'No wonder she hurt herself. I'm just going to tell her sister exactly what she's like. You know, my psychology degree, well, I think she's got BPD too.'

Ah narra ma eyes. Mammy's pal works fur the NHS as a counsellor and ye need mair than a degree fur that line o work. Ah considered it masel efter aw ah've gone through. Ye need a licence tae diagnose folk. Sounds like this lassie is talkin oot hur arse.

Ah make a note in ma phone tae google BPD at the library. Ah'm sure there's sommat wrang wi me even though naewan hus ever put a name tae it. Tell a lie. Mammy said it's grief. She puts aw ma problems doon tae grief, even ma nervousness.

'Such a slut,' the girl continues. 'I'll pray for her.'

Ah try tae imagine the lassie she's talkin aboot. *Did she huv a miniskirt ridin up hur arse and a face like an Oompa Loompa?* Ah'm uncomfortable at the mentionin o prayin. She's richt, yer meant tae pray fur folk when they're no well, but that doesnae mean ye should be judge, jury and executioner oan their lives an aw.

Ah'm no really sure whit a slut is, but ah've a guid idea. It's used tae describe sexual lassies. Like the wummen who hing oantae Hugh Hefner's arm – and Jordan fae *I'm a Celebrity, Get me Out of Here!* It didnae stoap Playboy everyfin fae bein aw the rage, even at the wee school.

Mammy's always said sluts are a bad fing an aw. Ah'm no sure. Each tae their ain.

'This is Hillfoot,' says the ScotRail wumman. 'This train is for Glasgow Central Low Level.'

The conversation must o ended. The lassie opens up the buik in front o hur. Ah quickly look in front o me tae see if there's anywan else oan this train worth huvin a gander at.

Twa boys are sittin in front o me. Ah kin jist aboot make oot whit they're wearin through the gap in the seats. Wan hus a safety pin fur an earrin and another is wearin a T-shirt that reads 'Slipknot' in reid writin that looks like blood.

The lassie wi the buik starts talkin again.

'Hello?' she says. 'It's Dee. Yeah. Your sister. I'm sorry to have to tell you this, but honestly, she used to be a nice person, but she just isn't anymore. I thought she came from a good family, y'know? My faith means a lot to me.'

Ah gulp. Ah'm uncomfortable jist listenin. Aw that fills the carriage is this lassie's vitriol and the faint sound o heavy metal music through heidphones. Ah look through the seats in front o me again. The lads are listenin tae music oan an iPod. Ah'd furgat mine the day.

The lassie across fae me hus gone silent.

'This is Partick. This train is for Glasgow Central Low Level. The next stop is Anderston.'

Ah fix ma eyes oan the Science Centre. Ah loved it there the first time ah went. Ah won the Be an Inventor competition at the wee school.

Ah furgat aboot that until noo. Ah came up wi this fing callt the 'Toothexpander', which lookin back, doesnae make much sense as a name. It wis a toothbrush that covered itsel in paste when ye pressed a button. No bad fur an eight-year-auld.

Ma teacher at the time didnae congratulate me despite the wee bit o recognition.

'She was assaulted?' the girl says. Ah jolt as the train starts movin again. 'Look, I'm sorry but girls like her. . . they just encourage men. She deserved it.'

Ah've never wanted tae clout a stranger until noo.

Naewan deserves that, slut or no. Yer body should be yer ain as much as yer thochts, nae matter whit anywan finks. There's a lovely lookin lassie at the big school in the year above me. Ah've heard folk call hur that an aw. But she's always the first tae hauld the corridor doors open fur me.

Ah've concluded it's aw well and guid tae dae whit ye want wi yer body, as lang as yer auld enough – even if the idea disgusts me personally.

Ah shudder at the thocht o Dorian's wee ratty moustache and the likelihood that aw the boys in ma year will huv wan afore too lang.

The train goes under a tunnel and the lassie stoaps speakin. Ah'm glad she's been stoapped in hur tracks.

* * *

'This is Glasgow Central Low Level, where this train terminates.'

Ah smile. Ah step aff the train and get the boak. It smells like pee doon here and sommat spicy. The twa goths in front o me look like they know the way oot well, so ah follow them. Ah dinnae want tae be near the bitchy lassie any langer than ah huv tae.

As they staund a few steps above me oan the escalator, ah notice that the wan wi a safety pin through his ear also hus a big hole in the lobe o the other. Ah wonder if he's hud an accident. Ah follow them as far as ah kin, at a safe distance, as they look exactly like the kind o folk who'd go tae Hellfire. *Ah'll huv less chance o gettin lost.*

Central Station is usually mobbed oan a Saturday. The day is nae exception. Ah notice the Grand Central Hotel. Ah'm noticin a lot o fings the day.

A lassie is breakin hur heart oan wan o the metal benches. A wumman walks up tae hur wi a packet o tissues. The world's no aw bad.

Ya dancer, ah fink, as the goths turn in the direction o Hellfire, which, admittedly, looks like it's richt next tae Borders. Ah've seen the goths oan its steps afore when ah've visited wi Mammy and Morag.

Ah huv tae be quick tae keep up wi them when they turn at a chippy callt the Blue Lagoon. It smells amazin. There's a sign in the windae advertisin a deep-fried Mars Bar. Never in a month o Sundays would ah put the likes o that in ma mooth. Granda Billy probably would though, especially efter a few pints.

It isnae lang afore ah'm at Borders and the twa boys blend intae the sea o movin black oan its steps. Wan lassie hus a tattoo o a butterfly, or mibbie it's a moth, richt above hur boobs. It looks so cool, as much as ah could never draw that much attention tae masel.

There're almaist aw smokin. Some o the smoke smells jist like Poor Granny's Benson & Hedges, but no aw o it. Some o it smells funny. Like sommat else.

Ah walk in the direction o Hellfire. It comes intae view when ah pass the Duke o Wellington statue. The windae display looks amazin, even afore ah cross the road.

When yer used tae the likes o Tammy Girl and George at Asda, walkin across the road and intae Hellfire feels like walkin intae another world. The dresses micht as well be bouncin up and doon tae the beat o the heavy metal music.

Ah walk ower tae them, lookin at the price o a gorgeous reid number ah couldnae buy fur fear o Mammy even if ah'd the money. It came complete wi a black lace underskirt. £40 wasnae bad. It wis heavy material. Ye kin feel the quality, as Mammy used tae say when we'd a gander roond the House of Fraser.

A lassie in a lang, black coat covered in buckles catches ma eye. Oan closer inspection, it's gat spiked studs oan its shoulders an aw. Hur blonde hair is swept ower the side o hur face in a classic emo fringe. The back's dyed blue and pink and styled like Chuckie fae the *Rugrats*.

There's a handsome lookin boy wi hur. Well, he looks handsome enough fae the wee bit ah kin see o his face. *Lucky bugger.*

Ah look roond the shoap, desperate fur sommat in ma price range. Ah stumble across neon pink and green tichts. Ah prefer the pink wans. £3.99. Mammy would huv an Annie Rooney if she saw me in them, but the packet's small enough tae hide in a buik under ma bed. A wee act o rebellion and it wasnae gonnae dae me any harm like writin in Scots fur wan essay did.

Classic rock micht be ma jam, ah fink, *but ah'd rather be around heavy metal than the sort o stuff the bams like listenin tae.*

Ah pick up the neon tichts, and as ah walk tae the cashier ah notice ma next port o call, Osiris, through the windae.

Ma phone starts vibratin. *Thank God ah put it oan silent.* Ma ringtone is 'Let's Dance' by David Bowie. Ah'm grateful it's no gaun aff in here. It's Rachel fae Guides. Ah hit the reid button tae decline. She wouldnae be able tae hear me anyway.

Ah pay fur ma tichts then make a beeline fur the door.

***

'Hey Cee,' Rachel says when ah ring hur back ootside.

A taxi zooms by, splashin dirty puddle water oantae ma blue jeans.

Mammy used tae tell folk aff fur callin me anyfin other than Cathy, but Cee does sound mair appropriate fur a lassie ma age.

'Ye could o texted me earlier,' ah say.

'Sorry. I was out late. Went to the ice ring at Braehead last night with my friends from school and it was drama.

Meet you in an hour at the Merchant City Starbucks? Just leaving now.'

Ah smile. As much as ah'd prepared fur the worst, meetin wan pal fur a Starbucks is better than wanderin roond the toon aw day like Cathy Nae Mates.

Ah figured ah could kill enough time in Osiris afore heidin tae Starbucks. As ah walk across the road, ah clock that it's next tae a joke shoap callt Tam Shepherds. It looks richt up Harry's street. Ah make a mental note tae tell him aboot it in school, if he's no awready aware.

Osiris is much like Hellfire, awbeit wi a slichtly less intimidatin name. There's a stand o aw kinds o jewellery that definitely wouldnae fit in jist ma ears. Ah look at it, wonderin if ah'd suit huvin ma belly done or ma nose. Ah fink ah'd suit a nose stud.

It doesnae take me lang tae realise the place hus a witchy vibe tae it. Ah fink o Mammy's warnins aboot that kind o fing.

'Cathy,' she wance said, 'whitever ye dae in life, dinnae go near a Ouija board.'

She said folk use it tae talk tae the deid, but it's a surefire way tae get yersel possessed. She also telt me tae steer well clear o psychics, even though she'd visited wan in a wooden gypsy caravan in Blackpool. Apparently, she'd a pal who went and gat telt, 'Ah see nae future fur ye', and she died in a boat accident a week later.

Ah mind that mad wee doll in Rebecca's pencil case and shudder.

There's a doonstairs section in Osiris, and ah'm drawn tae a plastic box filled wi badges. They cost 50p each and are covered in pictures fae that Tim Burton film aw the goths at the big school like, *The Nightmare Before Christmas*. Ah pick wan up. *Nae harm.*

Wance it's paid fur, ah loiter by the steps o Borders. Nane o the goths or emos look twice at me. Ah'm no a part o the club, as much as a fink ah could probably teach a few o them a fing or twa aboot classic music.

A group o them are hoverin roond sommat oan the steps. It's a fag, ainlie it's in bits. Poor Granny Cathy telt me that fur aw she's gat next tae nought, she'd never smoke a rolly. Not in a month o Sundays. Wan o them is makin up fags wi tiny wee bits o tobacco as they pass roond a purple can o a drink callt Rockstar. That's banned at the big school. An energy drink.

Ah run ma tongue alang ma teeth. Fur aw ah'm partial tae sweeties and cakes, ah've never needed a fillin and neither hus Morag. The dentist telt me no tae even fink aboot it when he asked if ah'd hud a swig.

'Cee,' says a familiar voice.

It's Rachel. Ah wis too busy earywiggin again tae realise ah should be at Starbucks by noo. She must be early. Ah'm glad. It's richt next tae the steps anyway.

'Sorry again for not texting back.'

'It's awricht.'

We heid tae Starbucks. Ah tell hur ah'm gettin oan smashin at the big school. She knows a wee bit aboot whit happened at the wee wan, but ah didnae want tae tell hur the whole story in case it put hur aff bein pals wi me.

Starbucks smells amazin when we step inside. Sugar and coffee beans. *Magic.*

'Y'know, you can pick a new name in Starbucks,' Rachel says.

It's nae secret that ah'm no exactly a fan o ma name, fur aw it's ma Poor Granny's name. Ah've never thocht aboot whit else ah'd like tae be callt.

'Really?'

She nods. 'I'm going to be Hermione today.'

Ah pause, wrackin ma brains fur ma ideal name as a take in the smell o coffee beans. Ah know ah want a caramel macchiato, even though ah'll huv some joab askin fur wan.

'Got it,' ah say.

'Perfect.'

A wumman wi olive skin and lang, broon hair is at the till. Hur name badge says Roxy.

'Hello,' she says in a foreign accent. 'What would you like?'

'One venti strawberry frappe,' Rachel says.

The wumman grabs a white and green Starbuck's cup. 'Name?'

'Hermione,' she giggles.

Then it's ma turn. Ah gulp.

'Eh. . . caramel mach-at-oo. A wee wan.'

'Caramel machiato,' the wumman says. 'Wee wan?'

'Small.'

She still looks confused.

'You need to say it in Italian,' Rachel says.

Ah narra ma eyes. Poor Granny would be tellin Starbucks tae stick their coffees where the sun doesnae shine.

'Venti,' the barista adds.

'Venti,' ah repeat, beamin.

'Name?'

'Puffin.'

Oh my God, ah fink. Ah panicked and gied hur the name o ma cat.

'Unusual,' Rachel says, as we pay afore waitin fur oor drinks.

Ah laugh.

We take a seat at the windae so we kin dae some people watchin. We used tae dae it at the food court in Braehead. Rachel's mammy wis kind enough tae gie us enough money fur lunch and dinner so we could spend the whole day at the shoaps. Everywan's family seemed richer than mine as a wean. We'd get hauf a pizza and chips fae DiMaggio's fur a fiver then a Happy Meal fae Maccies fur oor dinner.

Ah loved Braehead. It wis such a treat gettin a facemask and a Charlie body spray fae Boots.

'I'm thinking of getting a wee part-time job,' Rachel says.

She's sixteen awready. Hur family's better aff than mine, but she loves the shoaps.

'Whit aboot school? Dae ye no fink it'll get in the way?'

'Well. . .'

Whit she says trails aff in ma head. Ah clock a familiar face and want the groond tae swallow me whole. It's ma bully Scott fae the wee school. He's gettin tore intae a goth ootside Borders. Ah cannae believe ma eyes. The colour drains fae ma face.

'Aw rise fur the entrance hymn,' ah kin hear Faither Murphy sayin as ma mind flashes richt back tae the first time he picked oan me.

That micht huv been a guid ten year ago noo, but Scott doesnae look much different. He's still gat that facial structure that's came tae haunt me, even if, fae a distance, ah kin tell he gat unlucky in the plukey department. He's wearin a white Lacoste tracksuit and a Burberry cap.

'It's the modern-day equivalent of mods and rockers,' Rachel says, gesturin tae the bams and goths while she sips hur coffee.

Ah smirk, grateful that ah'm distracted fae the sicht, albeit fur a second or twa. She's no quite intae classic music as much as me, but she knows whit's whit – even if she goes tae hur parish discos.

Fur aw ah collapsed like a stack o cairds, bar that last time at the wee school, the emos are guid at staundin their groond. The wee bastart is ootnumbered. Ah'm sure a big lanky goth jist flicked his fag ash oantae him.

Scott turns. Ah as guid as shite masel when he walks intae Starbucks. Ah cover ma face wi ma hair. He cannae see me. He willnae be able tae help himsel. *Please dinnae recognise me,* ah fink. *Hail Mary, full o Grace. . .*

'Are you OK?' Rachel asks.

'Aye,' ah say, hidin even mair o ma face by bitin ma nails.

Ah cannae mind a time when ah've no bitten ma nails. The closest ah gat tae stoappin wis when Mammy gat this anti-bitin nail polish that tasted like Turps. Well, whit ah imagine Turps tae taste like. Ah jist started oan the skin roond ma nails insteid.

The Lord is wi thee. Please dinnae recognise me. Blessed art thou among wummen...

It's the first time ah've seen Scott in years, but the discomfort ah feel is as strang as it wis oan ma last day at the wee school. Ah'm glad Cameron isnae wi him. Ah dinnae fink ah could o handled a double whammy.

'Whit?!' he says tae the barista. 'Venti pish? Naw, ah want a big wan. Are ye thick?'

Ma throat tichtens in fear. Ah keep ma eyes fixed oan the goths ootside. He'll ainlie be able tae see the back o ma heid. Ah take oot ma phone and type a message tae Rachel tae let hur know why ah'm no speakin.

'I'm hiding. Just say something.'

She looks at me and surprisingly goes alang wi it.

'Yeah honestly, so the ice rink at Braehead,' she says. 'There were these boys there last night. Anyway, they started getting wide trying to impress us. Well, one of them got a finger chopped off. You should have seen it. Blood all over the place. Then we all got banned for life!'

Ah smile. *Well, that's wan way tae distract me fae Scott*, ah fink. A barista wi lang curly black hair who's built like a tank escorts him ootside. The coffee shoaps in Glasgae must huv bartista-turnt-bouncers tae deal wi the wideos.

Then it happens. Scott makes eye contact wi me. Ah freeze. He double takes afore walkin away. *He doesnae recognise me.* Fur a moment, ah consider stickin the finger up at him. It would be the least he deserves efter whit he put me through, but ah fink better o it.

'Wis it his whole finger?' ah say tae Rachel.

Ah cannae help but laugh even though the whole fing sounded brutal. Scott gat his instant karma an aw. Starbucks style.

'Wanna see whit ah bought earlier?'

'Sure,' Rachel says.

She smiles awkwardly at the tichts. 'Ehh. . . each to their own.'

Ah cannae help but feel a wee bit sad. Ah like Rachel, ah dae, but Guides and music aside, ah'm no sure wur oan a level wi many fings. She's aw aboot hur image, in the traditional sense, a bit like Morag, and while ah didnae choose tae be different, the bullies decided ah am and ah'm rollin wi it at this stage.

Ah check ma phone. It's nearly four in the afternoon. The baristas huv started stackin up empty chairs next tae the door. It's a dreich day.

We heid fur oor separate trains hame. Rachel's mammy works in Thistlegate. That's hoo we met at the Guides. It wis easier fur hur tae go there.

Ah sit doon oan wan o the green seats, grateful tae be alane wi ma thochts again. Folk oan the other side must be lookin oot fur me. Ah'd huv hud a full-oan meltdoon if ah'd seen Scott afore ah came tae the big school. So much fur the day jist bein a practice run up the toon. It's been mair than that. Ah kin see hoo far ah've come, even if it wasnae quite a face-tae-face encounter.

Ah stood ma groond and didnae bolt tae the nearest bog. Fur aw ah felt like it wis touch and go when it came tae the faintin.

'This is Glasgow Central Low Level,' says the ScotRail wumman. 'This train is for Dalmuir. The next stop is Anderston.'

Dae Nae Harm

2005

AH WIS FEART ah'd never get tae go tae the big school.

Whit happened at the wee school messed me up. Ma heid's always been loud. Ah'm predisposed tae it, but whit ah hate maist o aw is hoo angry the bullyin made me. And Mammy's insistence that revenge wasnae the answer.

Ah dinnae like bein angry. Ah hate it mair than the bullies, if the truth be telt. It jist didnae make sense that they could wreak merry hell in ma world and get aff scot-free.

'So they're allowed tae dae whit they want tae me and ah jist huv tae take it?' ah said as me and Mammy walked roond Tammy Girl in the shoappin centre. 'Even the teachers?'

Mammy wis daein it tae save face. She doesnae want any trouble at hur door, even when that meant lettin hur ain daughter get walked aw ower. As much as she did try tae hauld the teachers tae account, ah'll gie hur that.

The polis exist fur a reason, and yer meant tae ask fur help when ye need it. Cameron put his hauns roond ma neck and it was nae joke. Ah wish ah could delete it fae ma mind. Ah wish ma heid wis like a video tape and ah could jist replace bad films wi guid wans. But even though ah wis distraught at the time, Mammy insisted – she still insists – that gettin Cameron fur hurtin me jist wasnae worth the trouble. Never mind whit he did wi the ugly picture, which fur some reason hurt mair.

'Cathy, ye need tae let it go. Yer placin request fur Bonnieburgh Academy is in. It micht no happen straicht away, but ye'll get tae go tae the big school like everywan else. And yer lucky enough tae huv a teachin assistant fur a mammy, so yer no gonnae faw behind.'

Ah looked at the wee characters in the big boat above the shoappin centre. They wur caged and so wis ah. Ah'd done nought wrang, but ah wis stuck in a jail o other folk's makin while they wur at the big school, gettin oan wi their lives like nought happened.

'Dae ye fink they ever feel guilty?' ah asked Mammy. 'Especially Mary. She wis ma pal.'

'Put it oot yer mind,' she said, draggin me tae the sweetie stand she knows ah like. 'Let it go. God smiles oan the richteous. Mark ma wurds, yer time will come.'

Ah held oantae that fur a lang time.

Mammy gat me a packet o pink bonbons fur 50p.

Everywan in the shoappin centre seemed happier than me, includin the pigeons who'd somehoo managed tae get stuck in the shoaps. They wur aw gaun aboot their lives, even if that meant a daily hunt fur sausage roll crumbs.

There wur two lassies by the canal eatin a chippy. Me and Mary loved a chippy fae the Atlantis boat – and an Ice Blast tae share. She wis an ainlie child and always hud mair money than me oan the occasions we went oot tae the shoappin centre. Everywan in Thistlegate went tae the shoappin centre at the wee school. Then they graduated tae gaun up the toon.

Ah graduated tae Braehead. Mammy said it wis safer.

Mary wance took me tae the dodgy Chinese at the bottom o the shoappin centre and gat me egg fried rice and sweet and sour sauce. Ah mind lookin at it suspiciously. Mammy said the joint hud been shut doon fur huvin maggots in the rice, jist like the dodgy Indian next tae the garage. But that quickly went oot ma heid the moment ah tasted it. It wis delicious.

'Ye've still gat the Guides,' Mammy said as we walked across the Asda car park. 'Ye've gat Rachel there. It's no like ye've gat no pals left.'

Ah smiled. She wis richt. Ah hud at least wan pal, but ah hardly ever saw hur efter she went tae the big school and ah didnae. We see each other every other month, if that. She hus bigger fish tae fry oan a Friday nicht these days.

Morag wis so well-liked at the end o wee school that she wanted tae staop the Brownies even then. She never even graduated tae the Guides. Ah'm no gaun noo ah'm at the big school. Ah want tae focus oan makin new pals.

Hopefully, it willnae be lang until ah've gat plans fur every other weekend. Ah wouldnae want too many. Ah need tae focus oan the school, oan ma writin.

* * *

Ah mind takin ma wee auld neighbour's dug fur a walk when we gat hame fae the shoappin centre that day. The ainlie reason ah mind it so well is because o whit happened next. It was early in the afternoon. Mammy forced me tae get up early every day, even oan the weekends. The field wis squishy efter the rain. Ah could smell the dirt and the mud. The smell o coo shite floatin ower fae the farm.

Ah started tae wonder why ah wis bullied when ah gat oan well enough fur the first six years o the wee school, bar the odd incident wi Scott and Cameron. It aw seemed tae begin when the girls gat their first boyfriends and started talkin aboot the s-wurd. Leah wis even allowed tae huv boys ower fur a sleepover. Mammy wis huvin nane o it.

'Wee boys jist want tae experiment,' Mammy said. 'Ye'll huv tae tell Leah ye cannae go tae hur hoose anymair.'

Ah didnae want tae huv a sleepover wi the boys. Ah wasnae playin truth or dare wi them. But that wis the first time that ah chose tae single masel oot as bein different, and the mair time that passed, the worse it became.

Even though ah wis at a Catholic wee school, nane o the others went tae the chapel. That wis another fing that made me different.

Then aw the other girls gat their first bras. Some didnae huv anyfin tae put in them, but their mammies didnae want them bein left oot – or, God forbid, different – so they gat them wan.

Ah mind hintin fur ma first bra, and Mammy laughed. She said ah'd get wan as soon as ah needed it. Ah could o burst intae tears. She didnae understand when she should o.

Ah wis mair than aware that ah didnae need wan, but that wasnae the point. *Ah've still no gat wan,* ah thocht. Ainlie a bra swimmin costume toap, which looks close enough under ma claithes.

There wis a burnt-up car in the field. We live in the posh bit o Thistlegate, the bit that's at least twa streets away fae any trouble, but that doesnae mean it doesnae come tae oor doorstep. That wis the first time ah minded ever seein a burnt-up car though.

It made me fink o Great-Granda. Sure, ma grannies and grandas hud lived through the war wi Hitler, but he'd seen the wan afore that. The wan that happened the same decade as the *Titanic* met hur icy fate. He saw that and Hitler's war, but still lived tae be an auld man.

Ah wish ah knew mair aboot him, even noo. Ah wonder whit he'd o said aboot me and Scots. *Surely he'd huv been fur it?* Ah'd nae idea if he wis even in the war. Aw Posh Granny said when ah asked wis some stuff about the Hame Guard.

Ah sometimes feel like the weakest person in the world fur lettin mean buggers like Scott and Cameron get me doon – and noo, the likes o Dorian.

Ah try tae see the best in folk, and it's ma biggest blessin and weakness. Ah dinnae look fur the bad. It's Mammy's fault. Or mibbie it's hur gift. Ah've gat a guid Mammy. Ah've hud enough time tae fink tae realise that when she gets it wrang, it's because she's ainlie human.

Oor shed windaes gat done in wi a golf club oan Christmas Day when ah wis still at the wee school. Mammy said she wis gonnae bring me up wi a higher moral compass than that, and she hud. But it came at a price.

Ah wish ah could see the bad in folk afore they burn me like that car, ah mind finkin. Mair freedom tae grow up would dae me the world o guid. But it's no oan the cairds yet even at the big school, and ah doot it will be fur a lang time.

The Darkness

2007

LYIN ABOOT GAUN tae the Catty takes a backseat in ma mind. Any day noo, ah'll know if ah'm in the toap English group.

Ah'm so anxious that ah eat ma cereal bar and skittles afore first period. Dorian's missed regi the day, and ah'm glad.

The Wan fae ma close readin means ah'm in wi a fichtin chance, but ah cannae help but worry that the teachers will want tae keep numbers doon in the toap group. They did that at the wee school. Apparently, it wis so that gifted students could get the time and attention they deserved. Ye'd huv thocht they'd huv cared mair aboot the folk who wur strugglin, but ah guess that's life fur ye: it isnae fair.

The thocht sends me back tae wan o the maist embarrassin fings that's ever happened tae me.

* * *

Efter fings went wrang at the wee school, ah gat so sad ah hud tae go tae the heid doacter. It's probably why that lassie oan the train irked me so much, even though she wis nae professional. Ah felt like there wis nae hope fur me efter ah wis bullied oot a school and couldnae get intae another.

Ah ainlie went tae the heid doactor jist wance, but ah've never furgat it. Mammy thocht ah'd lost it when ah spent the best part o a whole nicht cryin.

Me and Mummy wur made tae wait fur oors in a room that felt like a hamster cage. There wis a big windae so that the nurses could keep an eye at aw times. Mammy left tae gie me some privacy when the psychologist came in tae ask aboot ma problems.

The bullies hud made me feel like a weirdo, and this wasnae helpin the situation, but Mammy said she didnae want anyfin bad tae happen tae me.

The nicht afore, ah'd tried tae make masel some pancakes tae cheer masel up. Daddy always made them fur me. Ah could never make them as guid. But ah wis cryin so much that nicht that ah burnt ma haun oan the hob, and Mammy convinced hursel it wis deliberate. It wasnae, but ah've hud mair than a few thochts like that since leavin the wee school.

The shrink wis a plump wumman wi glasses. She'd a note-pad in front o hur. Ah telt hur that wan o the boys at the wee school hud squeezed ma neck as a joke.

She shook hur heid.

The nice lady said ah wis too young, she thocht, tae go on happy pills and set up a few therapy sessions.

'PTSD,' she said. 'But that's just my initial assessment. Possibly an anxiety disorder too, but it's a spectrum. It could be OCD.'

'Dinnae be so daft,' Mammy said. She'd come back intae the hamster cage at this point. 'The lassie's lost so much. It's grief.'

When ah turnt up fur the first councillin session wi Mammy, the councillor wis aff sick, and naewan thocht tae tell us. We waited fur hauf an oor in the health centre afore somewan finally let oan. The receptionist acted like it wis nae big deal, but it wis.

A week later, the doactor callt me. Ah fink they felt bad aboot makin me wait, but ah'd convinced Mammy ah wis fine by then. She gied me the phone anyway and telt me tae be honest wi him upstairs. Ah wis.

'If you're ever physically destructive, you should take a nice, warm bath, Cathy, or ping an elastic band off your arm.'

Whit a lot o shite, ah thocht. That wis the end o that.

Aw that helped wis walkin. Ah could cut aboot the hills near ma hoose fur as lang as ah liked, as lang as it wasnae too late. It wis ma way o clearin ma heid wioot Mammy breathin doon ma neck, or huvin tae face Morag and hur comparatively normal life.

Ah'm no sure aboot ma potential diagnoses, but then again, ah'm nae heid doactor. Aw ah know fur sure noo is that ah've gat this darkness in me.

Ah've been through mair than maist folk ma age – if ye dinnae include orphans, crime victims, and that couple who made the papers fur huvin a wean at twelve.

Ah'm still scared o the darkness. Even if ah go oantae be a bestsellin author and actually make some solid pals at the big school, it micht never go away.

Ah've hud so many folk reject me and act like ah'm no guid enough fur anyfin, especially them. Ah cannae take it anymair. That's why Dorian's wurds are still botherin me. It wis like Satan himsel hud made oor paths cross fur the sake o huvin a laugh at ma expense.

Ah know whit ah want fur masel, but ah'm scared it'll never happen, jist like ah'm feart that the darkness – the maggots as ah sometimes fink o it – will never go away.

Ah've nae idea why, but ah aften bargain wi ma brain. Ah've telt masel that if ah dinnae make the toap group, ah'm no gaun oot wi any pals ah micht huv fur at least six months as a punishment. Efter aw, it wis ma wee rebellious streak that did me oot o a better essay mark in the first place. The last fing ah want tae dae is be bad at whit ah love then spend ma time daein anyfin but tryin tae get better at it.

* * *

The bell rings and sheer anxiety takes me tae English in a flash.

'I wonder if today is the day that we get put into groups,' Dorian says as we sit. 'It will be nice to be a part of a good group. This class is,' he pauses, 'a piece of pish.'

'Funny that ye should say that, "pish" is a Scots wurd.'

His eyes widen, but he quickly brushes it aff, takin oot a buik callt *Paradise Lost*. Ah look across the class. A bam hus a tattered copy o *Trainspotting*. Mammy hud an Annie Rooney when she saw me lookin at that buik in the library, and ah wis so intae the weans' section that ah didnae pay much mind at the time. Ah know it's in Scots though. Ah take oot *The Poetical Works of Robert Burns*.

This is war.

Scots wurds dinnae jist pop up where ye'd expect tae see them. Mammy wance took me and Morag tae a fancy Indian restaurant, and they hud a wee café bit doonstairs where they wur sellin mango lassies. Ah mind laughin. It wis jist a creamy drink, no a fruity wumman wi orange hair like some folk in Glasgae micht fink.

Dorian pulls oot a poem fae a fancy lookin notebuik. He doesnae huv the neatest handwritin in the world, but every letter's perfectly formed. It's a poem aboot himsel, aboot his love. No the wan aboot an auld man lookin back oan his life.

Ah swallow.

'I took my time with the competition,' he said. 'I didn't want to rush it.' He looks deid intae ma eyes. 'Every word had to be perfect, but I think it's there.'

Ma heart sinks. There kin ainlie be wan winner here, fur aw ah fink ma Scots will stand oot fae the rest. Although, admittedly, fae the wee bit ah've seen, ah reckon Dorian should o submitted the poem that deviated fae his normal subject matter.

He struts up tae the teacher's desk and his poem faws oan-tae it. Mrs Smith smiles at him.

She beams as she picks it up. 'I'm so glad you were able to enter!'

The wumman micht as well huv Dorian's shite oan hur nose.

She clicks oan the projector fur the day's starter. That's whit she calls the first fifteen minutes o the lesson. She said it's a new fing fae the government tae gie us mair structure, even though it's no enough time tae dae anyfin worthwhile.

'We are going to be learning about Haiku,' she begins. 'It's actually a class suggestion.' She then takes oot a cardboard shoebox that's covered in auld Christmas wrappin paper. 'Mark found out about this type of poetry while personal reading.'

Sometimes ah furget that Dorian hus a normal name. Dorian suits him mair. He's gat a poker stuck up his arse, so he micht as well run wi it. Mark's the name o a lad who likes tae go tae school discos fur a nip and drink Panda Pops laced wi the odd shot o cheap vodka.

Efter that day in the human hamster cage, ah felt like a wis a crazy lassie wi wan too many problems wi wan too many problems. But Dorian is weirder and crazier than me. But Dorian hus tae be weirder and therefore crazier than me. Even ah kin see that.

Ah remind masel no tae feel too bad aboot the hamster cage incident. It wis a wan-aff. Ah read oan Google in the library wan day that ye really know yer mental as a young bairn when they send ye tae CAHMS. Ah didnae get far enough intae the system fur that tae happen.

A few o ma classmates groan at the thocht o writin haiku. It's beyond me that Dorian's no gettin grief, but it's ainlie a matter o time. *Surely ye kin ainlie go so far, even at a school like this, afore folk decide it's a guid idea tae gie ye a bushin?*

Ah'd never heard o 'bushin' until ah came tae Bonnieburgh Academy. But it makes sense. St Mungo's in the middle o the toon. There's almaist nae bushes there.

Bushin is exactly whit it sounds like. Pushin some poor unsuspectin bugger intae the bushes that line the road up tae the school.

The teacher writes oan the board hoo haiku work. Ye've tae write wan line that's gat five syllables, another wi seven and wan wi five.

Ah swalla. Ah cannae get ma heid roond it, and if the chatter elsewhere in the room is anyfin tae go by, neither kin anywan else. Ah thocht ah wis daein well wi ma English as well.

Dorian clocks me starin at ma jotter.

'Think about it. Ca-thy. That's two syllables,' he says, smilin.

Ah pause. It makes sense the way he said it. Mibbie he should scrap the poetry dream and become a teacher insteid.

'O-Ke-lly,' ah reply.

'Another three,' Dorian says.

Ah smile. Fur aw Dorian's gat his faults, he's a clever bastart, ah'll gie him that much. He could probably be a decent lad if he could jist wangle that poker oot his arse.

'Lassie,' ah write. '**Mango lassie.**'

Dorian furros his broos when he sees whit ah'm writin.

'Seriously,' ah say, finkin o ma next syllable, 'it's a fing.'

'Ah love Glasgae, but,' ah write fur the first line, slippin intae Scots when ah should know better, but it's no like the teacher will read this wan.

'Mango lassies arenae hip
Wummen. They are drinks!'

Ah sigh. Ah thocht ah wis bein funny, but it's shite.

Dorian's written a wee haiku inspired by a poem he tells me is a condensed version o a bigger wan callt *The Lady of Shallot*.

Ah keep ma eyes fixed oan the flair when Mrs Smith asks us tae share whit we've written.

The rest o the lesson is a blur. Ah cannae stoap finkin aboot the fact that ah've hud help fae a heid doactor afore. No that it wis much help. Ah try no tae fink aboot it. Even if the maggots are always there. It's sommat ah ainlie mind occasionally.

Ah'm still mental. The whole fing wis so traumatic that ah buried it in the back o ma heid in a way that ah couldnae dae wi the bullyin. But ah guess it makes sense because wan wis definitely worse than the other.

'You're not mad or crazy,' the nice nurse said. 'You've just been through a lot. It's a natural reaction.'

That micht well be true, but folk dinnae take kindly tae that sort o fing, even if Mammy ainlie took me there jist wance. Harry and Ruth micht stoap bein pals wi me if they knew. Mibbie they wouldnae want tae risk it in case ah start drownin in darkness again.

Ah'm no really sure if Ruth is ma pal. Ah cannae exactly say we've bonded, but she tolerates me, at least, and that wis mair than a lot o folk in the wee school did.

If ah can jist dae this wan fing and get intae the toap English group, ah'll be okay. Even if ah'm rubbish at makin pals maist o the time, ma life will huv a purpose. Ah'll amount tae mair than whit the teachers and wee school bullies expect fae me. Ah'll be makin ma Daddy and Great-Granda proud and wan day, mibbie, masel wi ma mither tongue.

Bonnie Lass

2007

AH'M AT MA Posh Granny's hoose this efternoon. It's knick-knacks galore. She's hud some life, and every nook and cranny tells a story. She hus nestin dolls, a cuckoo clock and even wee animals made fae the lava o Mount Vesuvius. There wasnae much in Poor Granny's hoose by comparison. Ah fink o the crumblin custard creams behind the couch.

Granny Helen wis a lady, as Poor Granny Cathy put it. They wurnae cut fae the same cloth.

'How are you getting on at school, Cathy?' Granny Helen asks.

It wis the same question Poor Granny hud asked, awbeit in a settin a world away fae hur council hoose.

'Awricht,' ah reply.

'No surprises there,' she says. 'Did you know that your Great-Granny was one of the first women in Scotland to be accepted into Glasgow University to study medicine?'

Ah shake ma heid. Granny Helen's always comin oot wi amazin bits o family history like that. It's like a never endin supply, and she jist drip feeds it tae me when it seems appropriate.

'Can ye tell me a wee bit mair aboot yer faither?' ah ask.

Posh Granny loves nought mair than talkin aboot Granda Eddie – that's his name – and their silver-screen-worthy love affair. She speaks aboot him so aften that it's a rare day when hur parents come up, but she's gettin oan a bit noo, and ah dinnae want tae miss the opportunity.

'Your great-grandfather? What do you want to know?'

Ah pause. He wrote in Scots, but she wouldnae even let me speak it. *Did she know?* It wis unlikely but worth a shot.

'Ye know that dictionary that ye gied tae Daddy? There wis a poem o his in it. In Scots. Wis a he writer?'

'He was always writing poems,' she says. 'I don't think he ever published them though.'

'He did! In *The Herald*!'

Hur eyes licht up afore she tells me that she's no surprised. She staunds and tells me she'll be back in a flash.

Ah look roond the livin room. Mammy's oot at the shoaps wi Morag the day. She knows Granny Helen gets lonely so she'd sent me roond fur a rare solo visit, even when that meant a lang drive here and back. Ah knew ah'd be well seen tae the day, wi cakes and treats. Ah never go wioot at Posh Granny's hoose. The sea view made it even better.

She even gets me and Morag sacks o presents at Christmas, filled wi slightly mair grawn up stuff than Mammy lets hus huv an aw. She gat me ma first perfume.

Wi a wee bit o money in hur poacket, Posh Granny wis always amazin at birthdays and Christmases. Hur gifts wur awfae thochtful, considerin hoo stane-faced she could be a lot o the time. She gat me a necklace wi a pencil charm when she heard ah wanted tae be a writer.

Posh Granny came back wi a bit o weathered-lookin caird. She'd a look o pride in hur eyes that ah imagine Dorian hus whenever he finishes a poem. She hauns it tae me.

> December 1962
> However black the sky may be,
> However storms may roar,
> There's aye a sunlit spot fur me
> And that's at y, Strathmore.
> And so I bless the day I met
> That bonnie Lithca lass,
> My riches peace and happiness,
> But oh! The years do pass!

'Great-Granda?' ah ask.

She nods. Ah cannae believe it, but at the same time, ah kin. There wis nae way a total amateur could o written the likes o the poem in *The Herald*.

Ah'm surprised that Granny Helen doesnae say anyfin detrimental aboot his use o Scots, but it's mixed wi English. Mibbie that's acceptable tae hur. It's written doon an aw.

She always telt me aff fur speakin Scots. The truth be telt, ah'd nae idea whit she thocht o writin in the tongue ah speak.

'Ye like it?' ah ask afore ah've hud a chance tae owerfink it.

She looks confused.

Ah clarify, 'So it's okay tae say "aye" insteid o "yes" when it's written doon but no when it's spoken oot loud?'

She pauses. It's probably the first time anywan hus asked hur a question like this, but it's a fair wan.

'In the context of art,' she pauses again, 'I think it's fine.'

'Really?'

'It gives it a certain flavour, but I know the world. You can't speak like that without having people look down on you. Least of all when you haven't got a good grasp of English too. My father had both. It adds a sense of Scottishness.'

Ah sigh. Ah feel so conflicted. Scots is a language in and o itsel but absolutely naewan in ma life is even willin tae consider it, even those who've grawn up gien it laldy.

'Are you still keen on writing?' she asks.

Ma dream wis nae secret. Ah nod.

'Then this should be an inspiration to you, Cathy. You can speak like your Mammy can. God knows I can't talk like that, but my father could. You can mix English and Scots words to your heart's content, when it's written down, and it can make something beautiful. He wrote that for your Great-Granny, you know, back when he was a. . . .'

Ah interrupt, 'Then why did ye huv a go at me because ah said bu-er insteid o butter?'

'You might understand one day, but people don't take to talking like that in the same way they might do when it's written down.'

Ah take a deep breath. Posh Granny's hoose is silent this afternoon bar the buzzin o hur lichts. She wis richt. We baith knew that. But ah didnae want hur tae be.

Granny Helen hus a fair bit o creativity in hur an aw. She's amazin at the embroidery and even helped tae repair tapestries at the Burrell Collection. Mammy's gat a wee embroidered angel she made hingin in the livin room. Granny Helen's a believer in the wee details jist like me.

'Cathy,' she says. 'There's no doubt in my mind that you're going to be a big success.'

Ah smile. Mammy doesnae even fink that highly o me, fur aw it sometimes feels like Posh Granny hus it in fur me wi ma talkin. There's nought worse than feelin small and bein a failure is a part o that. God knows it's hoo ah felt efter the wee school.

'Ah wish everywan saw whit ye see in me,' ah admit. 'That includes masel. Ah didnae get a guid mark when ah wrote like Great-Granda in school.'

'Have you ever heard the story about the crabs in the bucket?'

'Naw,' ah reply. 'I mean, no.'

'Put a bunch of crabs in a bucket,' she says. 'They'll hate it, but they'll stay there, by choice. The moment one of them tries to leave, all the crabs come together to pull them back down. There's nothing wrong with being different, but you need to be strong – and do it in the right context.'

It made sense. 'I know.'

'I'm an old fuddy duddy, but trust me on this one.'

'Did folk ever try and pull ye back?'

She laughs. 'I got married in my thirties, and that might be all well and good these days, but I was an old maid by the standards of the 1950s. Trust me, I've gone against the grain too.'

That's when it hits me. Scots is aboot mair than the tongue ah speak. It's aboot everyhin, and even Posh Granny could see that. We aw end up six fit under at the end o the day, as dust in the wind. Nane o it matters, and that's why chasin yer dreams and bein true tae yersel, even when that means bein different, matters so much.

Ye huv tae be a true master o English afore ye kin write Scots, ah fink, readin Great-Granda's poem aboot his bonnie Lithca lass again. Then naewan kin look doon oan ye fur it. Ah'm sure Burns could write well in English an aw. That's why ma best efforts didnae stoap me gettin a Three oan ma special place essay.

Ma teacher at the wee school wis wrang aboot a lot o fings, but wan fing she did get richt wis this – ah tried tae walk afore ah could run wi ma stories. Mibbie if ah'd listened tae that back then fings would o been different.

Ah dinnae feel so bad aboot emulatin Dorian's writin anymair. As much as ah'm glad tae huv read another poem by ma Great-Granda. It's confirmed whit ah've known aw alang.

The Three Graves

1998

MA GRANDA BILLY'S full o surprises, and he knows Thistlegate like the back o his haun. He hus the best stories aboot whit the toon used tae be like. The auld cotton mill, piggery and La Scala dancin hall where him and Granny Cathy hit it aff.

But whit's unique tae Granda is his knowledge o deid folk and secret places. His pal Donald's a gravedigger. That's where he gets some o it fae. That and buiks. He's never oot the library. Well, tell a lie, those twa are never oot the bookies, but a guid few year ago afore Daddy died, he took the afternoon aff tae take me up the Three Graves.

'The Three Graves?' ah asked. 'Whit's that?'

Mammy looked jist as confused as me. She wis cleanin up efter Morag. She used tae throw hur dinner at the wall when it wasnae tae hur likin. But she wasnae a wee, wee wean anymair, and ah'd started tae fink she should know better.

'Ye'll huv tae come up the Cochno tae find oot,' he said, winkin.

'Ye better no scare hur,' Mammy warned.

Granda Billy laughed.

'It's jist a wee adventure. Me an Cathy love oor wee adventures,' he said.

Ah smiled. Granda hud sworn me tae secrecy when he let me smash glass bottles doon the burn the last time we went adventurin.

Daddy wis upstairs. He wasnae well. He hudnae been well fur a while. Mammy didnae fink ah understood, but ah did. Ah knew he wasnae gettin any better.

Ah put him oot ma mind. Ah wis gettin better at distractin masel, even then, and Granda wis awfae guid at helpin me.

* * *

Back then, everyfin aboot the world wis so new, so excitin. Me and Granda heided oot ma hoose, and ah took in aw the fresh country air and sichts as we made oor way up the Cochno. Granda even hud some carrot peelins in his poacket fur me tae gie the horses.

Ah micht know less aboot the world than maist lassies ma age, but ah knew even less then. Mammy hud ainlie jist telt me that Pocahontas doesnae jist huv a lot o freckles. Ah couldnae get ower it fur weeks. She explained that we live in a wee toon, but far ootside it, well beyond the bridge, there are folk who look jist like Pocahontas, and as much as ah loved hur, gettin skin that dark wasnae happenin fur me. Ah laugh at the memory.

'Even if ah get a lot o freckles?' ah asked, devastated at the revelation.

'Ah'm afraid no,' Mammy insisted.

A spray-painted sign caught ma eye as me and Granda walked. Ah briefly imagined aw the ways ah could make Thistlegate prettier. Mammy and Daddy took me and Morag tae Spain afore he took unwell. There wurnae any hooses wi metal doors and windaes – there's too many council curtains in Thistlegate. Jist big, reid rocks covered in wee holes oan the beach.

'Whit does that sign say, Granda?' ah asked, pointin at the letters spray-painted oantae the sign.

Ah wis learnin hoo tae read, but it took me a while tae understand new wurds. That wis wan a hudnae seen afore.

'HYT,' he replied.

'Whit does that mean?'

He paused. 'Ah'm askin masel the same question. . .'

It wis the first time Granda didnae huv an immediate answer fur me.

'Ahhh! The Hilltop Young Team.'

'Whit's that?'

'That's whit the bad boys roond here call themselves. If ye see that, steer well clear, but dinnae worry yersel richt noo, or when yer wi yer Mammy, we're aw mair than fit fur the likes o them.'

Ah nodded, even though his wurds didnae make much sense. Ah realised he didnae mention ma Daddy. He knew whit wis really gaun oan an aw.

Ah wis too young fur maist fings back then, but the no knowin wis startin tae hurt me as much as it did when ah decked it in the playgroond and cut baith ma knobbly knees.

Some stanes gat stuck in the cuts and they gat infected. It wis boggin. Ah've never furgat it.

'Granda,' ah said.

'Aye?'

'Daddy's no gettin better, is he?'

He looked up at the green and yella hills. Wioot lookin at me, he took ma haun. He bent doon.

'Naw,' he said. 'If ah could put masel in his shoes tae gie him mair time, hen, ah would. Ah know yer ainlie a wee fing, and this is a lot fur ye tae take, but life isnae fair. But when ye get tae ma age – and ye will, the Big Man upstairs isnae that cruel – ye'll understand why. Ah'd a wee brother, y'know.'

'Ye did?'

'Aye. He wis younger than Morag when the Big Man decided he needed him again.'

'Younger than Morag?'

'It wis awfae, but no uncommon in those days.'

Ah fought back ma tears, but ah didnae want tae upset Granda.

Mibbie he's takin me tae the Three Graves because he knows ah like the cemetery, ah thocht, *and ah'll be spendin a lot o time there wance Daddy's gane.*

'Is the Three Graves a cemetery?' ah said.

He nodded. 'Ah dinnae want tae gie too much away, but it's the maist beautiful wan in Thistlegate.'

'Is there room fur. . .'

He shook his heid and we kept walkin.

* * *

Granda gestured tae a clearin. Sunlicht wis streamin through the green trees, past black, cracked painted railins and oantae the Three Graves. Ma jaw droapped.

Auld Thistlegate Cemetery is grand in its ain way, but it's gat nought oan the Three Graves. Wan o them hus a stane cross oan the front.

'Who's buried here?' ah asked.

'Folk too rich fur auld Clydeview Cemetery. Ma money would be oan wan o the big stately hames near here. Well, wan o the twa.'

'It's beautiful, Granda.'

He smiled. Birds wur chirpin, but otherwise the Three Graves sat in a perfect silence. Daddy wis in so much pain. Ah wanted this perfect silence fur him, even though ah didnae want the inevitable. Ma heid and ma heart wur locked in a ficht ah hope ah never experience again.

Ah nodded as ah stared at the graves.

Granda continued, 'It's the maist beautiful cemetery roond here. And the quietest.'

'Aye.'

Fur aw ah wis jist a wean, and ah guess ah still ah'm, ah wis grateful tae Granda fur tellin me the truth aboot Daddy. Mammy couldnae keep me wrapped up in cotton wool wi that wan, as much as she wis tryin tae.

'Cathy O'Kelly, ah wis never wan fur believin this sort o fing, but ah fink ye've been here afore,' he said.

'Mibbie Daddy will come back wan day,' ah say, comforted by the beauty o the Three Graves.

'Mibbie,' Granda replied.

The Unders and the Band

2007

IT'S MA BIRTHDAY. The big wan-six. Mammy droaps me aff at Singer Station. The other folk ma age floatin aroond should be the first hint that ah'm no gaun near the pictures. That's fur wee thirteen-year-aulds and younger. Ah'm sixteen, and folk ma age huv different priorities. Well, that's no includin Dorian. Great-Granda wis a proper poet, tae me anyway, and ah doot that he wis that invested in poetry at Dorian's age. That bugger is in a league o his ain.

But everywan comes intae yer life fur a reason and ah reckon me and Dorian's paths crossed so he could help me wi ma English, even if his cruelty wis unnecessary.

There's a lad wi hauf his hair plastered doon oantae his face in a classic, slanted emo fringe. The rest is spiked up wi whit's gat tae be at least twa cans o hairspray. He looks like a gothic version o the sun fae the *Teletubbies*. Ye could tell he wis huvin the time o his life. Ma birthday's jist efter Halloween, and Mammy will inevitably put their looks doon tae that.

A lassie who looks younger than me hus bricht blue hair. She's wearin a pair o purple Converse that stretch richt up tae hur thighs, a short tartan skirt and a corset. No that she's gat much tae push taegether. Ah dub hur Triangle Tits in ma heid. Ah fix ma eyes oan the groond as ah walk past hur and doon the stairs fur the train.

Ah'd opted tae wear the ticht pink leopard print toap that gies aff the vague impression ah've gat chebs. Ah like the wurd 'chebs'. 'Boobs' doesnae sound as guid.

Mammy wouldnae let me be caught deid in sommat like this, but there wis nae way ah wis turnin up tae an alternative nicht lookin like ah'd jist walked oot o New Look. Ah open ma jaicket. It's sensible and ah'm no huvin these folk fink ah'm entirely as green as ah'm cabbage lookin. Ah've gat a folder o auld schoolwork fae the wee school under ma bed. It's aw ma creative writin stories fae way back when. That's where this toap is normally gatherin dust. Ah knew Mammy would never look.

Harry's meetin me under the broon and gold clock at Central Station. Fur aw it's ma sixteenth birthday, gaun tae a place like this probably wouldnae huv been ma first choice, but ah've gat pals. Well, a pal.

Then there wis the forum. Ah didnae breathe a wurd aboot that tae anywan. Mammy caught a glimpse o a Bowie CD ah'd taken hame fur ma boombox wan day and said, 'He wis always a weirdo', and ah never mentioned him efter that.

The forum wis a secret between me and the library computer. It wis filled wi all kinds o filters so that folk couldnae look at dodgy shite oan the council's watch. That's hoo ah knew the forum wis safe enough, even if that safety lesson at the wee school reminded me naw tae even consider meetin up wi a stranger fae the internet.

Pals are worth celebratin. Ah doot Rachel would huv come tae the Catty, and there's nae way ah could o even contemplatit invitin hur. There wis a greater risk o Mammy findin oot. Oor mammies sometimes talk ootside Guides. Ye've gat tae keep some secrets close tae yer chest. Ah reckon ma pal Mary fae the wee school would o been a Jumpin Jacks lassie.

Ah spent last year's birthday watchin films oan the telly wi Mammy.

She'd let me pick whitever wan ah fancied, even though some cost a fiver jist tae rent. She boucht me a bar o ma favourite Eton mess chocolate an aw.

Ma Poor Granny came roond wi a caird fur me, and ah mind bein so embarrassed that ah wis sittin in the hoose alane insteid o bein oot wi ma pals.

But the nicht wis different, the nicht wis special. When ye've gat a heid like mine, there's few fings that kin distract ye fae yer ain thochts, but gaun oot somehoo manages tae always dae the trick – even wi the anxiety o school hingin ower me, even when ah'm wi Mammy and Morag, as much as ah'm glad tae be alane the nicht.

Ah bite ma nails the whole way intae the toon. Mammy telt me tae text hur as soon as ah'm in Central Station and again when ah've met ma pals. Or in this case, pal.

A shiver o excitement runs doon ma spine as ah walk across Central Station's shiny flair. Harry's under the clock. He's dyed a bit o his hair blue fur the occasion and looks like a can o Irn Bru. Aw orange and blue. Mammy would be huvin ten kittens if she could see him. She hates anyfin aff the wa in the image department.

'Is that real?' ah say, beamin as ah walk ower tae him.

'Superdrug spray-in. Washes oot in wan go.'

Ah laugh, then open up the cardi ah've been hidin ma leopard print toap under.

'Woot woo,' Harry says, lookin me up and doon but no in a pervy way. 'Look at you!'

Ah smile. Mammy would huv twenty kittens if she could see the toap. She'd say it wis the kind o fing ainlie prostitutes wear and that it hud nae business bein oan ma back, no matter hoo much ah enjoyed hoo it made me feel.

That's no tae mention the Annie Rooney she'd huv if she saw me wi'in a fit o the Cathouse. No that she knows whit it is.

Me and Harry heid through Central Station, alang the road, and take a turn afore we join a big queue o under eighteens waitin tae get inside the Catty's heavy black doors.

Ah'd nae idea whit ah wis expectin, but it wasnae this. The Catty doesnae look like much fae the ootside. Its entrance is covered in a studs, like the architectural equivalent o a leather jaiket, and it's gat a big, reid sign oan the front that reads 'CATHOUSE'.

Two burly lookin men are standin ootside its metal doors.

Ah start bitin ma nails again in the queue. Literally anyhin could happen inside, and ah'm no sure if ah'm ready. It wis a case o oot o the religious fryin pan and intae the chaos o the real world when ah finally went tae the big school.

A wumman at the toap o the stairs stamps me and Harry's hauns afore lettin us inside. The club bounces above us. A concrete bouncy castle wi steam comin oot o it.

Ah step oantae the smoky dance flair. 'Damned if I do ya, Damned if I don't' by All Time Low is playin. Ah'm glad ah know at least wan sang, fur aw ah'm intae the auldies.

It's the coolest place ah've ever been in ma life. Everywan here would o been dubbed a freak at the wee school, but they're aw in their element, and statistically, at least wan o them must huv seen a heid doactor an aw. Ah dinnae feel so bad that the memory hus recently made an appearance when ah see them.

Folk are pullin aw sorts o shapes. They micht be under eighteen, but in the fashion department, some huv gat their looks doon tae a tee. Ah cannae help but wonder if the odd tattoo ah swatch is real or no. Maist likely. The Unders hus a smokin area, and it's choka. The grawn ups are turnin a blind eye tae aw sorts.

Ah saw some stuff oan the David Bowie forum aboot bein hungover. There's aboot a million sayins fur it in Glasgae. Ah heard a new wan the night. Somewan says they're feelin as rough as a badger's arse. Ah giggle.

Ah look at the dance flair, sippin a can o Coke. Ah swear ah see a flash o a familiar face: Dorian. Ah'd thocht aboot invitin him. It's nice tae be nice and aw that, and mibbie he didnae realise hoo much o an arse he wis bein doon the woods. He wis nice when he tried tae teach me aboot syllables.

God knows he's the ainlie person ah really chat tae at school apart fae Harry and Ruth. He's definitely the ainlie bugger ah kin huv a decent conversation aboot writin wi, but ah'm still no sure o him.

Oan the wan haun, he interests me, and oan the other, somewhere deep doon in ma gut, ah've a feelin that other folk gied him a wide berth fur a guid reason – and it wasnae jist because he's a creepy bugger who writes sad poems.

Ah hudnae furgat Harry's warnin fae regi either aboot that Jenny lassie.

This place would be richt up Dorian's street in the creepy department, ah fink, as ah look aroond. But he's as anti-social as they come. That lad ah saw cannae be him. It's no like he's gat the maist unique look. Young lads wi greasy emo fringes and oversized black hoodies are ten a penny in this joint. Broon is the maist common hair colour gaun.

Even wi ma comparatively risqué toap in Mammy's eyes, ah look oot-o-place compared tae the other lassies. Maist huv snakebites and fringes that sweep across their faces. Those who've gat a colour through theirs win themselves extra points wi the boys.

'Yuck,' Harry says, pointin at a lad wi his tongue doon a lassie's throat.

It wis the bugger wi spiked up hair that ah'd swatched at Singer Station. Ah fink aboot ma ain VL status. *Wis sixteen too auld no tae huv lost it?*

Ah'm well behind in the winchin department. But Harry's sayin yuck, so ah doot he's eaten the face aff some poor lassie. Nippin, or winchin as it's callt, didnae look like ma idea o fun, but that lad and lassie wur cooler than me and Harry. Cool points are worth a lot.

When mair than a few couples start winchin tae a slow sang, we heid upstairs fur the band. We'd huv been wallflo'ers, as the Americans oan the forum call them, otherwise.

* * *

Ah've never been tae a concert, unless ye count Choices for Life at the SECC in the wee school. It wis big concert wi schools fae aw ower Glasgae designed tae stoap weans fae gettin intae the drugs.

Ah telt Mammy aboot it afterward, and she said even fur the bams, it wis probably a bit premature. Ah didnae know anywan who'd taken a drug, fur aw Mammy tells me folk will be in at the wacky backy first. Ah'm sure ah heard somewan at the big school call it the Devil's lettuce.

Me and Harry squeeze oor way through the crood tae get as close as we kin tae the band. But the room is so small that they micht as well huv set up in ma livin room.

The lead singer hus lang, black hair, a big 'A' tattooed oantae his chest, and a nipple piercin ah hud tae squint tae swatch. He's wearin a reid frilly mini skirt. Ma eyes near enough pop oot their sockets. He must huv some amount o confidence tae dae that. He looks like he's drinkin beer an aw. Ah swear he winks at me fae the stage.

'How are you all doing tonight?' he asks in an English accent. 'We're Four Knives. And we're fucking cool.'

He wasnae wrang aboot bein cool. He wasnae by the standards o the bams or the music buffs at school, but definitely by the standards o the Catty.

His singin wasnae up ma street – if ye kin even call it singin. Aw he does is scream intae the microphone. Ah cannae hauld a tune, but even ah reckon ah could huv a go at that.

'He's shite at singing. Pass it on,' Harry laughs.

Ma ears ring. Ah drag Harry a few rows back fae the front. If ah'm no careful, ah'll dae masel an injury, and the last fing ah want tae dae is huv Mammy take me tae A&E and find oot where ah've been in the process.

'Whit the Hell wur ye watchin in the pictures?' ah kin hear hur askin awready.

Ah like the electric guitars though. The lead singer takes oot a black wan fur a solo. That wis when ah could tell he'd a talent fur sommat other than screamin the place doon. He tunes it up by playin the first few notes o 'Stairway to Heaven' – Mammy's favourite sang.

Ah wonder whit his story is. Jist like ah express masel through ma Scots, he's expressin sommat through his music, and it puts me in mind o ma ain darkness. We've aw gat demons, maggots, and art seems like the maist natural way o tamin them. Ah guess ah always knew that, deep doon, but it's different seein it up close.

Ah feel uncomfortable as ah look at the lead singer.

'He's pretty,' Harry says. 'But guys like that. . .' he trails aff.

Harry wis richt. Naewan, lad or lassie or other, could deny that the man wis guid lookin, but he probably finks that, coupled wi his guitar, gies him a license tae dae whitever the puck he pleases.

Ah bet he's the kind o man who'd cheat oan a guid lassie wioot a second thocht. Mibbie he's gat an internet girlfriend and sends hur dirty photies while some poor lassie in the real world finks the world o him. But it doesnae matter. Wur aw livin through a screen these days.

Ah dinnae fink ah'd huv thocht like this aboot his music afore the big school. It's opened up ma eyes tae the world in a guid way. Even if Mammy would see me bein in the Catty as a testament tae me gaun well and truly aff the rails. Morag would probably agree.

The music is deafinin when the lad goes back tae his screamin. But noo that ah've heard his angsty, legible voice, ah feel masel gettin intae it. Ah kin see why a lad like this hus the stage and no a bugger like Dorian.

That's no tae say that Dorian doesnae huv a talent. He does. But his arrogance aboot it makes whitever gold he does manage tae spin turn intae shite. It's his subject matter that's the problem.

***

Ah double take when ah pass the smokin area efter the gig, as Harry called it. There's a Rollover hot dug stand ootside it. Ah see a lad who looks like Dorian. Again. We make eye contact. He stubs oot his fag and walks ower tae me.

It *is* Dorian.

He smiles. 'Cathy.'

At least ah'm no needin ma eyes tested.

'So ye actually. . . go oot,' ah say.

He laughs. 'Rarely.' Then he lowers his voice. 'I'm meeting *her* tonight.'

Oh Jesus, ah fink. Ma eyes drift tae the spiked metal fence surroundin the smokin area. This micht as well be a horror picture, and Dorian's the poor bugger aboot tae get stabbed.

'Bit unusual for a first date,' Harry says fae behind me. Ah'd gat so distracted by everyfin else gaun oan in the Catty that ah furgot he wis here fur a moment.

Dorian doesnae look impressed.

'Like you'd understand,' he scoffs.

'Fair enough,' Harry says, clearly tryin no tae rile him. 'Looking forward to meeting her anyway. Let's just hope you treat her better than you-know-who.'

Ah spoke too soon aboot Harry no windin Dorian up.

Dorian rolls his eyes. 'The most evil person I've ever met?'

'Fuck off,' Harry says. It's the first time ah've ever heard him swear. 'She's a sweetheart. What was your problem with her anyway? She thought the bloody world of you. . . for some weird reason.'

'I'm not having this conversation,' Dorian says, stubbin oot his roll-up.

Whit the puck is gaun oan? Dorian hus hud a lassie afore? Nae way. It would explain why Harry's never hud a nice wurd tae say aboot him if he knows hur. Ma mind floods wi questions. *Does she go tae Bonnieburgh Academy? Surely no?* It would o came up afore if she did, even if it wis a snide comment fae a bam.

It also made this lassie that Dorian wis meetin seem even mair unlikely. If he'd been close tae a lassie in real life, why would he try it oan wi wan fae the internet? Mibbie he knows almaist every lassie at Bonnieburgh Academy willnae look twice at him and gat desperate.

This conversation is too much fur me, ah fink, pinchin the toap o ma haun. Ah wanted ma birthday tae be fun, no serious. The maist ah'd heard o anywan daein at the wee school wis a peck oan the lips, and that wis when they wur well intae primary six or seven. This sounded like a real relationship and a fiery wan at that.

'Prick,' Harry says, loud enough that Dorian kin probably hear him even though the rock music is poundin oot o the buildin.

'He met hur oan the internet,' ah say. 'The new lassie.'

'Jesus. Have you stumbled across his Bebo yet?'

Ah shake ma heid, failin tae explain that ah'd seen naewan's Bebo ootside the odd swatch in the computer room at the library. Ye hud tae gie oot a lot o information aboot yersel oan there. The forum wis different.

Mammy wis takin nae chances wi me and the World Wide Web. We huv a chunky computer at hame. Daddy gat it afore he died. Ah went tae the effort o beggin Mammy no tae chuck it. It sort o does the joab still under supervision.

'Look it up. Seriously.'

Ah nod. Ah'm curious aboot his writin – ah've been awfae impressed wi whit ah've seen so far, and fae whit ah know aboot him, ah'm guessin his Bebo is plastered wi it.

Ah'm actually so curious that ah make an excuse tae run tae the bog.

The walls feel like they are shakin fae the music. Ah log oantae Bebo oan ma phone, even though it takes furever and a day. Ah'd swatched the username o the Bonnieburgh Academy group oan there, so that's ma first port o call. Folk are talkin aboot sommat called a Silent Rave that's happenin soon in George's Square.

Ah keep clickin through face efter face. It doesnae take me lang tae find Dorian's page, even if Harry probably finks ah'm huvin a jobby.

His Bebo is the maist depressin fing ah've ever seen and plasters itsel richt intae ma heid. Dorian's gat a quiz pinned tae the toap o his profile.

'Is your heart broken? Result: in two.'

His blog widget is filled wi poem efter poem aboot some lassie. The titles alane are impressive. Ah resentfully flush the toilet.

***

'Damned if I Do Ya, Damned if I Don't' is playin again when ah get doon tae the bottom flair. Either it's a favourite in here, or the DJ's standin roond like a spare part as a playlist plays. Dorian walks up tae me through the smoke and darkness. Alane. Nae surprises there. Mibbie he's been stood up. He's surprisingly cheery.

'Wanna practice that social dancing?' he laughs.

Ah swear ah kin smell drink oan his breath. That explains it. Ah wonder where he gat it fae. Mibbie that ratty tash o his hus done him a favour fur wance. Ah've never seen anywan wi a real drink in them apart fae Granda Billy, but fur aw ah've been well warned o the dangers, it's the first time Dorian hus seemed, well, fun. Warm, even.

Ah nod, and he takes ma haun.

Ah'm soon laughin like Rose in *Titanic* when Jack takes hur doon tae Steerage. This is like a weird, Glasgae goth version o that. Ainlie Dorian's nae Jack in the looks department, even if he's as posh as Rose compared tae me.

Harry's jaw hits the flair when he sees me and Dorian dancin. Ah gesture tae Dorian wi ma heid. He'd work oot that he wis hauf cut soon enough. He's missin step efter step. So much fur bein a graceful poet.

Fur aw Harry wis startin oan Dorian in the smokin area, it's soon water under the bridge and he tolerates Dorian sort o hingin wi us. Mibbie it's because it's ma birthday. Harry jist looks happy that ah'm happy. Daddy used tae be the same.

Me and Harry start dancin next, and Dorian walks oot and starts hoverin by the hot dug stand. He must be waitin fur hur. Ye'd huv thocht he'd huv hud the decency tae be sober, but mibbie he needed a bit o Dutch courage.

As me and Harry dance, ah cannae help but look in Dorian's direction. There must be sommat special, or at the least awfae unusual, aboot this lassie fur Dorian tae be so taken wi hur, even if it wis jist an online version o a person who might no even exist.

***

Ah make an excuse tae go tae the toilet and decide tae use the upstairs wan so ah kin huv a nosey o Dorian and his girlfriend.

He's no hoverin by the hot dugs anymair, so he's either bug-
gered aff tae greet or found hur.

Ah'm disappointed when ah cannae spot them oan ma
way there, and ah dinnae want tae overstep the mark searchin.
God forbid Dorian finks ah'm huvin a swatch oot o anyfin but
pure nosiness.

The toilet is papered wi pages fae comic buiks. Everfin aboot
this buildin, richt doon tae the bog, is cooler than me. A lassie wi
reid and blue hair in a corset and frilly skirt is washin hur hauns.
Ah make eye contact wi hur in the mirror.

She smiles. 'Enjoying yourself?'

'Aye,' ah say. 'Love yer look,' ah add, gesturin tae whit
she's wearin.

'I don't normally go this all-out, but I'm on a date.'

'How's it gaun?' ah ask, wonderin if a lassie this beautiful
could be intae Dorian. Probably no, unless he's usin somewan
else's photies.

'Umm. . .' she pauses. 'He's sweet. He wrote me a poem.'

It *hus tae be him*, ah fink. The poor lassie could o ainlie
spent fifteen minutes max wi him afore makin a beeline fur
the bog. Mibbie she wanted an escape or she's gat a drink
in hur an aw. She cannae huv parents like Mammy. No wi
hair like that. So it's entirely possible that she's three sheets
tae the wind.

Dorian would get a lot o man points at the school if the
bams could see him wi hur – if she's his date. It makes me won-
der whit lads are in ma league if Dorian can get somewan this
beautiful. *Whit dae ah deserve? A slug?* But mibbie he's ootside

wi somewan who looks like wee Jimmy Crankie or Edith fae *Still Game*, and ah'm jist gien him too much credit.

Ah walk back doon tae the rock flair, defeated. Then logic kicks in. Ah've gat ma whole life aheid o me, and ah'm ainlie jist gettin used tae this whole new world o boys, dancin and bein sommat that resembles a grawn-up. It'll take some gettin used tae, especially efter spendin the best part o three year wi basically ainlie ma family fur company. Rachel didnae really count.

Wance ah'm dancin again wi Harry, ah try tae push that lassie oot ma heid. There's a lot o boys here, and she could be gaun oot wi any o them. A lassie like hur could huv hur pick. Ah cannae decide if ah want tae kiss hur, which would be a whole new problem fur me tae contend wi, or if ah'm jist jealous o whit she looks like.

We finally spot Dorian and his date taegether oan oor way oot the Catty. Harry narras his eyes. It's hur. It's actually hur.

'Ah know,' ah say, resistin the urge tae swatch openmoothed in case Dorian notices.

'Do you think he's paying her?' he says, clearly jist as baffled as me.

'Huv ye read his writin?'

'Eh. Sort of? That girl I told you about. In primary? And sort of First Year before she left. I'm sure it was because of him. She was taken with it.'

'It's guid,' ah say. 'He can be charmin when he wants tae be.'

'Must be bloody Shakespeare then,' Harry says, lookin the girl up and doon.

Ah laugh.

'He was horrible to Jenny, from what I know. She was going through a lot with her parents and when she got the chance to leave the school, even though she lived nearby, she went.'

Whit Dorian said doon the woods crosses ma mind fur the umpteenth time. Ah hope that Jenny lassie is daein better noo. It makes me wonder if ah'm no as messed up in the heid as ah fink ah am. Ah'm still at Bonnieburgh Academy. But it's no like ah've another option.

Mammy says it takes aw sorts tae make a world, and that auld wives' tale hus never rang truer than when ah look roond the Catty.

Ah fink o ma requests tae the universe that ah'd written under ma pillow oan ma fifteenth birthday. At the toap o the list, ah'd asked fur pals. Ah mind lichtin a wee tealicht under it and hopin fur the best. It wasnae in vain.

Ah wish ah could hing oot wi pished Dorian aw the time. Ah reckon he'd write better poems hauf cut an aw.

* * *

We descend the lang, black staircase, and ah text Mammy tae say ah'm jist oot the pictures. She'll be at the train station wi'in the oor.

It's the maist fun ah've hud in years. Ah feel like ah'm in a whole new world, and it's better than the fun ah'd briefly hud at the wee school when Mammy let me and ma then-pals go tae Wimpy and the games machines at the bowlin alley.

'Oh my God!' Harry says, pointin tae the KFC across the road. 'It's him!'

'Who?' ah say, lookin at a bunch o emos nibblin chicken wings.

'Ladybug Lachlan!'

Ah look through the KFC windae. A creepy-lookin man wi a tattooed black arm is sittin at wan o the tables, nursin a Coca-Cola. He's wearin a reid corset and ladybug print tutu. Ah can see why he's a local legend. Stands oot like a sair thumb.

Harry pulls oot his flip phone and takes a photie, bold as brass.

'Are ye no meant tae ask?' ah say.

'He willnae mind,' Harry says.

Ah feel fur Ladybug Lachlan, but then again, nae man wears a corset and ladybug print tutu if they want tae fit in.

Harry and me part ways at Central Station, and ah jump oan the train tae Singer Station, tae Thistlegate.

It wis roastin in the Catty, so ah'm grateful fur the cauld o the platform. Ah'm too busy hinkin aboot Dorian tae pay any mind tae who's gettin oan wi me. Ah swatch the singer fae the band when ah sit doon. The wan wi the lang black hair and 'A' fur anarchy tattooed oantae his chest. He's gat a plain black tee oan noo.

'Good night?' he says fae the seat across fae me.

Ma eyes widen. Ah wonder if he recognises me fae the gig. He must. Ah smile.

'Hope you don't mind me saying this, but I'm guessing that was your first time in a place like that?'

Ah laugh. He gestures tae the seat opposite me. Ah go ower. Mammy wouldnae be happy wi me sittin next tae a stranger like this, but ah'm well oan the way hame noo and this carriage hus tae be hoachin wi security cameras.

'Robbie,' he says, ootstretchin a haun.

'Cathy.'

'Guessing you're actually an under?'

'Sixteen the day.'

He laughs. 'Happy birthday!'

Ah nervously look around the carriage. It feels like ma first day at Bonnieburgh Academy aw ower again. Ainlie this time there's nae pressure tae win anywan ower. Ah'll probably never see him again. Ships that pass in the nicht.

'I'm seventeen,' he says. 'Not quite old enough for the overs and my baby face won't cut it. Hoping to bag the band a gig there soon enough.'

'Wow,' ah cannae help but say. 'Are ye workin?'

Ah didnae want tae ask if he wis at uni as no everywan goes.

'I'm at uni,' he reveals, smilin. 'Just started.'

'Glasgow?' ah ask.

He shakes his heid. 'Strathy. Studyin computer science.'

'Awesome,' ah say. Ah've never met anywan at uni afore. 'Hopin tae study English providin ah dae well at school. Gat ma Standard Grades next year. Should o done them by noo, but,' ah pause, 'family stuff meant ah gat held back a year.'

Ah focus ma eyes oan a poster at the end o the carriage. It blurs intae a mix o green and blue.

'You'll be fine,' he says. 'It always seems impossible and then you get the hang of it. I thought I'd no chance with my A Levels. First person in my family to go to uni.'

'Did ye move here tae study?'

'Yup! From Cornwall originally.'

The train comes tae a halt at Partick. The conversation is ower as quickly as it began.

'This is my stop. Check out the band on MySpace!' he says, afore staundin and wavin me guidbye.

Ah feel bad makin up some scenario where he's a rotter. He seems nice.

***

The Catty wis roastin, but Mammy doesnae question why ma hair's like rats' tails when ah get back tae Singer Station. She asks if ah've hud a guid birthday. Ah smile.

'The toon's sommat else at nicht,' ah say, no gien anyfin away.

'Hope that picture didnae scare ye,' she laughs. 'Ah really dinnae want ye watchin anyhin. . .' She pauses. 'Oan the dark side o life.'

'Don't worry,' ah say, elangatin the wurd worry.

Ah sometimes fear Mammy would force me tae go kickin and screamin tae the heid doactor if she thocht it was necessary again. Ah wouldnae be so agreeable efter the shame ah felt followin ma first hopeless visit.

Ah look oot the motor's windae at the toon that's never quite felt like hame and wonder if Dorian's still a VL efter the nicht.

A New Look

2007

GAUN TAE THE Catty hus well and truly distracted me fae gettin intae the toap English group – wi the exception o the train ride hame. It's soon at the forefront o ma mind the moment ah step intae the school groonds oan Monday. Any day noo, ah'll know. Wur intae November noo. We need tae get split up afore oor Third Year exams, which are practice Standard Grades.

Robbie wis nice. If he's anyfin tae go by, folk at uni huv a real maturity aboot them. Dorian will be so stuck up when he inevitably gets in, but it's nice tae know that they're no aw like that. Ah could see masel bein pals wi somewan like Robbie. Somewan who's nice fur the sake o bein nice. Ah least, that's the impression he gied aff.

Dorian will be like the cat that's gat the cream the day, ah fink, daein an extra lap o the school so ah dinnae huv tae see him fur a few mair minutes in regi. He must huv been chuffed that the lassie turnt up fur their date and not ainlie that, he hud an audience.

Harry willnae be able tae help himsel when it comes tae mentionin whit he saw oan Saturday nicht, and fur aw ah cannae blame him, the whole situation is makin me uncomfortable, and ah dinnae know why.

Ah try no tae fink too much aboot hoo ah look these days, but efter Saturday, ah put oan layer efter layer o cheap foundation, even though it does nought tae cover ma spots and jist leaves me lookin like an Oompa Loompa.

Ah keep ma heid doon leavin the hoose oan the aff chance Mammy notices.

* * *

When ah get inside the school itsel, ah try and blend the foundation in a bit better wi a wet paper towel. There's nought that cannae be fixed wi wan, efter aw.

Dorian doesnae walk intae regi this mornin, the bugger struts in. His ego wis practically burstin oot his heid afore, but noo, it's gonnae be oan another level. Mibbie ah'm still bein too harsh oan him efter the woods comment. We hud fun dancin.

'Was that poor girl on drugs?' Harry laughs when they make eye contact. 'I bet she was. Morphed your face into Gerard Way's or something just because you've got long hair.'

Dorian shoots him daggers, and Ruth laughs. Harry must huv filled hur in. She's nae oil paintin hursel.

'Whit are ye oan aboot?' Danny, the class bam, asks.

'Dorian's got himself a girlfriend,' Harry says as oor regi teacher walks in, folder in haun.

Danny laughs.

'Aye right,' he says. 'He wishes.'

Danny looks at Ruth.

'Ye pumpin Ruth?'

He says nought.

Ah know they're bullyin Dorian, but ah git a slicht kick oot o it. It's no like he didnae pick oan me in his ain way, even if he did manage tae make up fur it a bit oan Saturday. Mibbie he'll understand why ah'm the way ah ah'm wance he's hud a taste o the bullyin himsel. Mibbie he'd huv been nicer tae that Jenny lassie.

'You're not going to get a reaction out of me,' Dorian says, takin oot his flip phone, which, surprise surprise, hus a picture o *hur* as its screensaver.

Everywan is full o shite in their ain way, and mibbie ah'm so fascinated by Dorian because ah see a bit o masel in him. Not ainlie that, but he's gat this confidence that ah wish ah hud. Ah'm so nervous aw the time, but it seems like nought kin shake him.

'Did ye rip that fae Google?' Danny laughs, lookin at Dorian's screensaver ower his shoulder.

'I saw her,' Harry says, noddin at the unlikely truth. 'Like I said, she must have been on drugs or be. . . special.'

'Ye gat a special girlfriend then?' Danny mocks.

Dorian takes it aw in his stride, shuttin his phone and lookin oot the windae at the courtyard. Ah've never seen anywan react like this tae gettin roasted. Ah wonder whit would o happened if ah'd done the same when that awfae photie o me wis drawn at the wee school. Ah knew ah liked Dorian, in a way, fur a reason. Danny stoaps efter that.

'Hey,' Dorian says tae me as we pile oot o regi tae oor first class.

'Hey,' ah say.

'Did you have a good birthday?' he asks.

'Yeah,' ah smile.

He slips a crumpled piece o paper intae ma haun. The corridor is so busy that ah cannae stoap tae huv a swatch.

'Don't think that we've got any classes together today, but that's for you. A wee,' he says deliberately, 'present.'

'Eh, thanks.'

Never in a million years did ah fink ah'd hear a Scots wurd escape fae Dorian's lips. Ah cannae help but wonder if he's takin the piss. Ah dinnae mind tellin him it wis ma birthday at the weekend, but mibbie ah've gat porridge fur brains and furgat. God knows ma heid is basically stuck oan Scots and the toap English group in school. Dorian's girlfriend, bar makin me feel uglier than usual, is a welcome distraction.

Ah push and shove ma way through the wave o pupils, tryin tae get tae ma first class as soon as possible and read the note in relative peace.

**

Ah've gat double PE tae start the day and get changed in the bog so ah kin read whitever Dorian's gien me. That and ah hate gettin ready in front o the other girls because it's yet another reminder o hoo much ah'm lackin in the cheb department.

At the rate ma chest's gaun at, ah'm gonnae huv tae fork oot fur surgery, unless puberty hus a last-minute miracle up its sleeve.

Ah cannae help but wonder why Dorian's written me a note when he's hud nae qualms aboot sayin exactly whit's oan his mind tae ma face afore. Mibbie he's started tae regret whit he said in the forest efter we'd such a fun nicht at the Catty. That lassie fae the Catty could be huvin a guid influence oan him. She seemed nice.

Ah unfold the piece o paper. It's a poem, naw a slaggin or advice, written in black ink. A shiver runs doon ma spine as ah read.

> You are an artist
> To all whose paths you grace, but
> No one more than me.
>
> We are cut from the
> Same celestial cloth that
> Others never see.
>
> You and I will live
> Forever in pages bound by
> Mortal blood.

Ah'm breathless. Mibbie fings huv gone tits up wi that lassie already, and he's jist no hud a chance tae change his screensaver. He wouldnae want tae risk Harry rippin the mickey oot o a relationship that short-lived. Or God furbid, he's tryin tae keep me as an option an aw.

Ah did like dancin wi him, much mair than ah did when we wur forced tae by Miss Bruce. Ah push the thocht oot ma heid. Ah've gat bigger fish tae fry than boys, and ah've been perfectly fine fur the past sixteen year wioot them.

Ah'm naewhere near ready tae fool around wi boys. Mammy's richt aboot that.

There's nae way Dorian would huv the front tae try and huv us both oan the go at the same time, ah fink. That's fur players, ah tell masel, and Dorian's no gat the looks, even if he's no lackin in the ego department.

Ah read the poem again. Ah sigh. Everyfin he'd said tae me doon the woods doesnae matter anymair. We're aw human and we aw make mistakes. Aw that matters is this. Dorian hus his issues, sure, but anywan who can write sommat like this is special. Ah wish ah could write like that in English, fur aw ah love Scots.

There's a knock oan the bathroom door. Ah shove oan ma gym kit and flush the toilet. It's the teacher, Miss Bruce.

'Are you alright?' she asks.

Ah smile. 'Aye.'

Wance ah'm sittin oan wan o the low wooden benches that wur a part o ma life even at the wee school, Miss Bruce tells us it's time fur the Bleep Test. Everywan groans. Judgin by their reaction, this is the ainlie fing worse than social dancin.

'Bleep Test?' ah say tae the lassie next tae me.

'You'll work it out soon enough,' she says. 'Best I don't tell you about the torture till then.'

Mrs Bruce puts a tape intae an old cassette player and tells us tae run fae wan end o the gym tae the other afore the bleep.

If ye dinnae make it tae the other side, yer oot. It's the ultimate endurance test.

As we run, my brain goes intae owerdrive, and ah get stuck oan the wan thocht: if ah kin be the last man standin, ah'll get intae the toap English group.

Dorian seems like somewan who admires strength, and fur aw he's partial tae walkin the trail run, ah'm sure he'd realise that ye need tae be mentally and physically fit tae ace sommat like the Bleep Test.

Why dae ye care so much, Cathy? ah hear ma better judgement askin. *Do ye like like the bastart now he's written ye sommat? Dinnae furget whit he said tae ye doon the woods. If he kin pull a stunt like that wance, he'll dae it again.*

'Shut up!' ah pant.

The lassies around me start droappin like flies, and afore ah know whit's happenin, it's jist me and Caitlin left again.

Ah jist keep finkin aboot the toap English group, even though this hus nought tae dae wi it, findin whitever strength ah've left. Ah start wheezin like naebody's business. Ma heid's gettin wetter and wetter wi sweat.

***

Ah wake up in the nurse's office. Turns oot ah managed tae beat Caitlin, but ah'd knocked ma pan oot in the process. Thankfully, ah'd ainlie bruised ma kneecaps and ma ego.

When the bell rings fur lunch, the nurse says ah'm free tae go, but she recommends ah take fings easy fur the rest o the day.

Ah go tae the library.

Yer no supposed tae eat yer lunch in the library, but ah'm stealthy enough tae munch ma cheese and pickle pieces whenever the librarian's back is turnt. Wance ah'm feelin a bit mair like masel, ah go tae the computers.

There's a lot o truth in the sayin that curiosity killed the cat, but ah cannae help but go back oantae that bloody Bebo tae see if ah kin find Dorian's new girlfriend. But mair than that, ah want tae see if he's written hur a new poem an aw.

Mibbie he's changed the wee widget that said his heart wis broken in twa and it's been updated tae say he's heid ower heels. Or mibbie no. That poem's proof that anyfin is possible.

Ma heart sinks when ah realise that nought aboot his depressin site hus changed. Aw he's gat is a photie o himsel in the local cemetery – that must be hoo he spends his Sundays – and wan wee positive update that suggests his life hus taken a turn fur the better: 'Life's looking up. For once.'

He must be pals wi *hur*, so ah click and ah click and ah click and, eventually, ah find hur Bebo site. Hur mammy and daddy clearly dinnae gie a shite aboot whit she puts oan the internet. Hur name's Lissa. Relationship status: Single.

Wow, ah fink. *Ah guess that poem wis mair sincere than ah thocht! Ah wonder whit he writes fur hur if that's whit he writes fur me. The modern equivalent o Romeo and Juliet?*

Mammy would huv ten kittens if ah put photies like hurs oanline, but ah cannae help but admire hur, posin away in a lace bra and pants ah'd swatched in Primark. Mibbie ah'd look like that if ah'd hair that's rainbow colours insteid o plain auld broon. Well, sort o.

Mammy would huv tae be six fit under afore she'd let me huv underwear like that in the hoose. It wouldnae matter if ah wis sixteen or thirty either. Ah kin hear Mammy noo, 'Ah raised ye wi a better moral compass than that.'

Ah've barely ever put a toe oot o line in life, no when ah knew there'd be actual consequences wi Mammy, but fur wance, ah want tae rebel. *Why kin ah no huv a wee bit o dyed hair an aw?* No as extreme as that lassie's mind, but sommat.

Dorian knew me afore hur, ah fink, *and she wis the wan who inspired him tae change fur the better, no me. Mibbie he'll keep it up if ah'm a wee bit mair like hur. If he's tryin tae impress us baith, even if ah'm jist a pal.*

Ah'm a young wumman, and ah should be able tae express masel however ah like. Ah fink o the unspent birthday money in ma piggy bank as ah click through perfectly posed photie efter photie.

Lissa's free in a way that ah've never been. *That's it,* ah fink. *Gettin a few streaks through ma hair willnae harm anywan.*

Ah mind that ah've gat mair than wan profile tae look up efter ma trip tae the Catty. Up next is Four Knives – the band.

Fur aw the poem's oan ma mind, ah huvnae furgat Robbie. He wis a world away fae Dorian in every way. His band's oan MySpace, no Bebo. Naewan at Bonnieburgh Academy uses MySpace, and it doesnae take me lang tae see why. It's mair grawn up than Bebo.

Robbie hus a photie o himsel wi his lang hair tied back in a ponytail oan his page. He's wearin a sleeveless black shirt.

Ah fink aboot joinin fur a moment, but ah decide against it. Even if he accepts ma request, he'll be ma ainlie MySpace pal, and ah dinnae want tae look like a sado. But then again, ah've no gat a Bebo. MySpace doesnae look like hauf as much effort.

Ah click 'Sign up' and register the daft email ah'd made when ah wis twelve. 'CrazyRabbitFan1991@hotmail.co.uk'.

The crazy part wis true enough, even noo. Ah block oot thochts o the heid doactor.

MySpace asks me tae upload a photie. That's when ah realise that there isnae a digital photie o me in existence. Ainlie printed wans. Ah've gat some oan ma phone, but God knows it would cost tae send them tae ma email.

Ah sometimes wish she wasnae a teachin assistant. She's mair than aware o almaist every trick in the buik.

Ah pick a photie o David Bowie. Daddy's pal's gat a music website, and *Bowie at the Beeb* is basically aw ah play oan ma iPod, even if it probably wouldnae go doon as well as Slipknot at the Catty. He sometimes sends Mammy letters tae see hoo me and Morag are gettin oan. Ah fink he sees himsel as a ready and waitin male influence in oor lives, jist in case.

'Bowie?' a voice says behind me.

Ah nearly shite masel. Ah turn tae Dorian. Ah could o blessed masel there and then. At least ah'm no oan his lassie's profile at this moment, but ah get the fear that he's been watchin me this whole time.

'So you do have some music to bring to the table,' he says.

Ah'm so stunned ah cannae thank him fur the poem.

'Prefer Placebo myself,' he continues afore walkin aff.

Ah nervously upload the photie and add Robbie as a pal.

Ye should o thanked him fur the poem, ah fink when the bell rings, but it's no like the bugger gied me much o a chance. Ah'll dae it in Monday's regi.

* * *

Ah cut through the English corridor later the day and ah'm mad at masel fur bein mair hung up oan boys than writin, but ah tell masel that ah need tae live tae write. Great-Granda hud his bonnie Lithca lass. Ah've gat naewan but bloody Puffin the cat.

It's no like ah'd write aboot the bad maggots in ma heid anyway. Ah'm nae Dorian.

Ziggy Hair

2007

MAMMY HUS TAKEN Morag oot tae a horse ridin party in the countryside the day. There's an age gap between us, but sometimes it feels like she's a really wee lassie even though she's spent mair time in an actual school than me. Ah thocht she'd huv patched a party like that noo she's at the big school, but ah wis wrang.

Ah'd telt Mammy and Morag that ah wanted tae stay at hame so ah could catch up oan ma hamework even though it's a Saturday. They didnae question it.

Nane o ma bullies at St Mungo's recognise Morag. No that she's ever really been a target. Ah dinnae fink they even know she's ma sister. She's gat braces, and she's a few years younger than them an aw. Mammy said when she started First Year that they wouldnae be low enough tae gie hur grief an aw. She wis richt. That and Morag's a lot mair streetwise than me.

As soon as the car's oot the driveway, ah'm oot the front door like a rat up a drainpipe and makin ma way tae the local hairdresser. Ah've seen pictures in the library o lassies who'd gat colours under their normal hair. If this place is any guid, Mammy micht no even notice. It's no exactly the crime o the century.

If the worst comes tae the worst, she'll get ower it or march me intae the nearest chemist fur a box dye tae fix it. She sometimes gets me tae help dye hur hair, so ah know it will be a relatively easy fix.

It willnae look like ah've been too influenced by ma trip tae the Catty either, or God forbid, as somewan could work oot, Dorian's girlfriend – ah'm no sure whit else tae call hur – Lissa. When Dorian changed his look, it wis auld news soon enough.

Ah walk intae the hairdresser. Ah dinnae know where tae look. Nerves as per. A tall lad wi reid hair smiles and welcomes me inside. Ah micht be young, but ah'm auld enough tae get a haircut masel. Until recently, ah could smoke noo if ah wanted, too.

He sits me doon in wan o the black, leather chairs and wraps a cloak or whitever yer meant tae call it roond me.

'So, what are we doing today?' he asks.

Ah pick up a section o ma medium-length dark hair.

'Kin ye dye it? But subtly? Like colourful highlights.'

'O course. Whit colour are ye finkin?'

'Reid.'

He nods.

'Em, but can ye dae it really, really subtly? Like, so it's covered by ma normal hair a bit?'

'Sure!' he says, runnin his hauns through ma hair. 'We can huv it so that ye ainlie see when it's pinned back.'

'Perfect,' ah smile.

He sets tae work sectionin aff ma hair, afore paintin layer upon layer wi bleach. It stings, but ah try tae pay it nae mind. Wance each section is done, he covers it in tin foil. He said that'll lift ma dark colour. Ah feel like ah'm in *Signs* by the time he's done, even though ah'm no bold enough tae dye aw o ma hair bricht reid.

'Noo, it micht look a bit orange when ah take the foil aff because yer real hair is so dark,' he warns.

Ah pick ma nails as ah sit in the seat waitin fur the bleach tae dae its fing. A radio's playin. It's upbeat pop music, and it makes me wonder if, even when he wis a wean, Dorian wis ever the type tae gie it laldy at a birthday party tae 'Cotton-Eyed Joe'.

* * *

Back in the wee school, at the beginnin, aw anywan cared aboot wis makin a baby wi their jelly aliens, Pokémon cairds and gettin an impressive haul fae the tuck shoap. Naewan, even the smart weans, read buiks because they didnae know hoo. *Surely Dorian wasnae scrivin poetry back in 1998 an aw?*

Ah've nae idea hoo he gat so guid at English. It makes me feart that ah'll never be able tae master baith it and Scots.

Mibbie Dorian jist sat at the back o the playgroond watchin folk and twiddlin his thumbs. Ah fink o every possible fing a wean kin dae fur fun, but he's such a serious bugger that absolutely nane o it seems tae fit. Sommat must o happened tae Dorian tae make him the way he is. Ah've jist nae idea whit.

Robbie wouldnae be like that though, ah fink. Ah bet he wis a wee terror as a boy. He probably put plastic rats in the classroom tae scare the shite oot o his teachers or set up an illegal sweetie business wi a big markup in the playgroond.

He'd be harmless trouble, a bit like Harry, if he's bolder than he looks.

* * *

The hairdresser comes back and takes aff the tin foil. Sections o ma hair are dyed a bricht blonde, wi some orange bits at the end. If the ginger wis aw ower, it would be near enough the same colour as Morag's hair.

He whizzes roond a pot filled wi bricht reid dye. It stinks o chemicals, but it looks delicious an aw. Like aw that colourful food the Lost Boys hud in *Hook*.

'Ah wish ah could pull aff sommat like that,' the hairdresser says, lookin at ma hair wance it's plastered. 'But ah'd get staned.'

* * *

Ah cannae stoap smilin. Ma hair looks so vibrant, fresh, and fur the first time, ah feel like ah'm carvin oot an identity that's no been dictated by somewan else.

Ah look like the kind o lassie who belangs oan the forum. Ah reckon the folk there would love it if ah ever find the courage tae post a photie o masel.

Ah love the reid colour o ma hair, but ye kin ainlie see it in its full glory when it's pinned back. The rest is ma natural shade o dark broon. Even though ah should be dreadin Mammy's reaction tae ma new hair, aw ah kin feel is excitement. Ah'm also pretty sure that ah'll be able tae hide the colour, fur a while at least.

The closest ah've came tae rebellion is eggin Mad Murray's door, and naewan but a few neighbours knew aboot that wan. This is different. Everywan at school will look twice when ah walk through those glass doors oan Monday.

But whit ah care aboot mair than anyfin else, as much as ah dinnae want tae admit it tae masel, is whit Dorian will fink. Robbie crosses ma mind an aw, but the odds o me seein him again are basically nonexistent. Plus, anywan kin make a guid first impression, especially if they're aulder. Ah dinnae know him.

Ah cannae get Dorian's poem oot ma heid, even if it wasnae as guid as Robbie's 'Stairway to Heaven' cover. There's jist sommat aboot him. It's aboot mair than jist gettin intae the toap English group noo – ah want him tae like me.

Mibbie it's so ah kin reject him, ah wonder. *Mibbie it's so ah kin make him feel some o whit ah felt doon the woods.* No. Ah kin be a wee bit mean, but ah'm no that bad. Ah jist dinnae want tae admit that ah like boys fur wance.

'So, whit dae ye fink?' the hairdresser says, runnin his fingers through ma hair.

'Ah love it!' ah say.

Ah feel like a new lassie as ah walk hame. Aw ma life ah've done whit others huv suggested in terms o ma appearance, and while ah'm aware others huv influenced ma hair, naewan but me and ma birthday money gied me the green light tae dae it.

* * *

Ah style ma hair so Mammy cannae see whit ah've done. Ah gat a trim an aw, so if she asks whit ah've done wi ma birthday money, ah kin tell hur that the price hus gone up.

Morag says she could eat the scabby heid aff a wean when she gets hame. Hur pal's mammy hud apparently got them aw turkey twizzlers fae Iceland fur the birthday party, and Morag's a fussy bugger at the best o times. She said she nibbled the breidcrumbs aff o wan, but couldnae manage any mair than that.

Mammy ran tae the shoaps afterward fur an emergency iceberg lettuce, cherry tomatoes, coleslaw, totties and ham. It's hur signature summer salad.

Sometimes, she even puts grapes intae it, which gie it a nice bit o sweetness, but ah cannae help but feel bad whenever ah fink o them because o ma so-called pal Mary fae the wee school.

It wis jist afore the final nail hud been put in ma coffin, and ah'd invited hur ower fur a sleepower.

'Who puts grapes in a salad?' she'd said, turnin hur nose up at it.

Mammy would huv wrung ma neck if ah'd said that at somewan's hoose, even if it wis whit ah wis finkin.

There's a difference between bein rude and bold and bein rebellious and bold, ah fink, conscious o the reid hidin behind ma broon hair.

Thankfully, Mammy is nane the wiser, and ah go tae bed the nicht excited tae gie ma new hair its big debut at school.

Ah hope Dorian likes ma new look, even though ah know ma ain approval should be mair than enough.

It's Robbie ah really like anyway. But he's an internet person noo, and ah should know better than anywan tae get that idea richt oot ma heid.

The Reaction

2007

AW EYES ARE oan me when ah walk through the concrete square's double doors. At the big school, certain folk are expected tae make bold fashion decisions, but no the likes o me. Ah'd used a poacket mirror and some bobby pins in the bike shed tae show aff ma Ziggy hair in aw its glory afore comin wi'in five fit o the school. Ah hud tae keep it well hidden afore ah stepped oot o Mammy's wee reid motor.

The first person tae comment is my biology teacher. He must o been makin his way tae the staffroom or the lab, but his eyes widened when he saw me, and he rushed ower.

'You look like a superhero, Cathy!' he says, smilin.

'Cathy' and 'superhero' arenae twa wurds that ye'd expect tae hear in the same sentence, but a compliment is a compliment. Ah smile.

Harry grins fae ear tae ear when ah walk intae regi, but Ruth doesnae look at me so approvingly. Danny the bam raises a judgemental eyebroo but says nought. Ah take a deep breath. Ah'm nervous, but ma anxiety's no as bad as it usually is.

Ah dinnae look like that wee lassie who gat bullied oot a school. No anymair.

No that lang ago, sommat like Danny lookin at me would o been enough tae send me intae a full oan panic spiral, but fur wance in ma life, ah feel like ah look like masel – ma true self, no the wee moosey lassie Mammy and everywan else expects me tae be – and ah dinnae gie a fiddler's fart. They say a guid haircut can change yer life. They're no wrang.

'Amazing,' Harry says, when ah sit.

'Ye like?' ah reply.

He hus tae like it. He dyed his hair blue tae go tae the Catty.

'If you smashed our heads together when my hair was dyed blue, we'd almost look like *her*,' he says.

Oh God, ah fink. *Lissa*.

Ah should o picked any other colour but reid. Dorian's gonnae huv a field day when he sees me. Ah need tae focus mair oan English than Scots writin, and he'll fink it's aw because o him. Noo it looks like ah'm tryin tae copy his girlfriend – or whitever she is – an aw.

'Are you trying to be a goth now that you've visited the Catty?' Ruth says.

Ah roll ma eyes. Admittedly, she's the ainlie person ah dinnae gie enough o a shite aboot tae question.

'Ah love David Bowie. Ziggy Stardust. That's where ah gat the idea actually,' ah say. Hur face goes blank in confusion. 'The Catty gied me the confidence tae take the plunge, but the inspiration is sommat a lot aulder.'

'I'm guessing you kept the top layer brown because of your mum?' Harry asks.

'Sadly. Or else ah'd huv gone entirely reid.'

'What did she say?'

'Nought.'

Ah pull ma bobby pins oot and tae show the reid is hardly visible when ma hair is doon.

'Subtle, but she's going to notice,' he admits.

Ah gulp. He's richt. Ah'll cross that bridge when ah come tae it.

Dorian walks intae the room. Ah know afore ah even see him. He's jist a teenager, but he's gat this presence aboot him, this auldness that ah kin sense a mile aff. Ah start tae put ma bobby pins back in efter Harry's comment, but slowly. Ah dinnae want Dorian tae miss ma Ziggy hair.

'O'Kelly,' he says nae lang after.

That's the first time he's called me ma second name and no ma first, and it makes me squirm. *Who does he fink he is?* Me and Harry turn.

'I wrote some new pieces at the weekend,' he says. 'Do you want to read them first? Not for critique. Just figured you'd like them.'

Ma heart faws intae ma stomach. He hudnae acknowledged ma new hair.

* * *

The day passes in a blur, the kind o blurs that characterise the bits ah mind o the wee school.

'Ah'm no feelin well,' ah say tae Mammy when ah get hame. Ah'm wearin a hat oan the aff chance she notices ma hair.'There's a bug gaun roond the school.'

'Dae ye want some paracetamol?'

Ah shake ma heid. 'Ah fink ah'd just throw it up. Gonnae get an early nicht as ah dinnae want tae take the morra aff.'

Mammy nods. She's a guid Mammy like that.

Morag looks at me fae across the dinin room table. She's always cryin wolf fur a day aff. She doesnae believe me. She never does. Even when ah wis in agony wi ma tonsils afore ah gat them removed. Mammy rarely questions me these days. No efter the bullyin and the heid doactor. Morag hates me fur it. Ah guess it's a fair reason fur Morag tae resent me, but it wasnae like ah asked tae get bullied oot the wee school.

'Ah'm gonna watch a DVD oan the computer tae sleep. Kin Morag gie me some space? Dinnae want tae pass it oan.'

Mammy tells Morag tae dae it wioot question wi hur eyes. She rolls them, and ah go upstairs. Ah put oan a hooky copy o *Labyrinth* fae Daddy's dodgy pal. Daddy hud a lot o them noo ah fink aboot it.

The picture wis made back in the eighties, but the start doesnae look much different fae the world the day. The ainlie real difference between me and Sarah is that she seems well immature. Ah know ah'm green, but she's oan another level wi aw hur teddies and refusin tae gie the slichtest o hauns wi wee Toby.

Ah wasnae like that when Morag came alang. She's always been a demandin wean – ah'm ainlie trouble when ah'm upset.

Ah log ontae MySpace efter the picture. Ah kin ainlie dae it oan ma phone. *Bugger it*, ah fink. Robbie hus sent me his phone number. It's 10p a text.

'Hey. It's Cathy,' ah write and no wantin tae waste the wee totie bit o credit ah've gat, ah add, **'Dyed ma hair the other day.'**

Ah hit send and feel like a first-class fanny. He's nearly eighteen. Ah'm barely sixteen. He's jist bein nice gien me his number or tryin tae coax me intae buyin some Four Knives CDs. It willnae be lang afore he realises ah'm no worth botherin wi.

Folk like his music. The same cannae be said fur Dorian's poems. The ainlie person bar me who seems tae appreciate them is Mrs Smith the English teacher. Robbie's too cool fur the likes o me.

Ma phone buzzes.

'Hey! Nice to hear from you. What did you get done? X'

A kiss. He's put a kiss! Ah've no texted many folk afore, and ah'm no sure if he's jist bein friendly or if there's mair tae it than that.

Dorian who? ah fink noo ah huv Robbie's attention.

'Red underlay. If that makes any sense,' ah reply. **'Always loved Ziggy Stardust, but don't think I'm quite brave enough for a mullet too!'**

'Haha. That's brilliant. Can't wait to see it. You coming to the next gig? Got some new material and would love an honest opinion from someone who will actually be nice about it. Honest though! No lies even if you hate it.'

'I'd love to,' ah reply.

'Great. Drop me a text and I can get you and a friend in for free.'

Ah'm beamin. Ah've never felt anyfin close tae cool afore. Sure, Dorian's lassie looked the part, but Robbie *is* the part in every sense o the wurd.

Dorian kin dae wan, as they say. Robbie is aulder. He's almaist certainly seen mair o life, and ah dinnae fink he'd judge me the way Dorian hus. He treats me like a normal human. Ma hair and whit it represents wasnae guid enough fur Dorian's acknowledgement. Jist like Scots.

Ah bury masel under ma duvet and shut ma eyes.

Ah feel ah've a chance at ma dream and start valuin masel, deep doon, the way ah know ah always should o. Ah resent that it took the acknowledgement o a boy fur it tae happen.

The Slap

2007

MORAG NUDGES ME awake and ah jolt. It's still dark ootside. The lang shadows o a passin car dance through the room. Ma heart starts punchin ma ribcage like sommat fae *Tom and Jerry*. Morag hus a look o concern in hur eyes and ma Blackberry in wan haun. *The wee bastart. Oh. Ma. God. She's hacked me while ah wis asleep.*

'Ye need tae tell Mammy,' she says. 'Who is *he*?'

The colour drains fae ma face. Ah'm growin up, growin intae masel, and ma stupid wee sister hus broken intae ma phone and is aboot tae ruin it aw. Ah'm lost fur wurds.

'Morag. . .' ah trail aff.

She's never been a reasonable lassie. She knows as well as ah dae whit Mammy's like when it comes tae boys. It makes me ragin that Morag's gat a hauf normal name while ah'm stuck here wi wan o an auld wumman. Me and Robbie's chat wis a private conversation. Wan o the few ah've ever hud. The last person in the world ah wanted tae read it wis Morag.

'Ah will,' ah say.

Ah've nae option but tae go alang wi hur. But gien in doesnae stoap ma body fae tensin up wi anxiety. It feels like ah'm gaun intae ficht or flicht mode, as much as, ah dread tae recall, when Daddy died and when that stupid bully Cameron drew me lookin ugly.

Huvin a sister who hacks yer Blackberry while yer catchin Zs is the modern-day equivalent o livin wi a member o the Gestapo. She's a member o the Hitler Youth. Jesus edition.

Ah knew she wis ragin that Mammy let me huv another day aff school, and ah gat it tae an extent, but on whit planet wis this fair? She should o jist taken a pound oot ma purse or sommat like that.

'Ye better no be lyin,' she continues. 'There's nae way oot o this, and ah know everyhin.'

She elangates the wurd everyhin. She's gat some front oan hur. Nae wonder she is able tae hauld hur ain at St Mungo's when ah couldnae.

Ah lie awake, dreadin the ainlie solution tae ma predicament: cuttin aw contact wi Robbie. Then Morag will get aff ma case and Mammy an aw if ah huv tae tell hur.

That's me never gaun tae the Catty again, ah fink. Ah'll tell Mammy ah met Robbie when ah wis at the pictures wi Harry. That they are neighbours or sommat like that.

The Cathy Mammy knows wouldnae huv the confidence tae speak tae a stranger. If ah'm honest, ah'm surprised ah did.

Ma eyes fill wi tears. Ah jist want tae live ma life. Ah've no done anyfin wrang. Maist folk ma age can talk tae boys wioot consequence, but no me. No here. No wi a religious Mammy and a wee sister who's always hated me efter ah gat too much attention when fings went wrang at the wee school.

Morag shines the licht fae ma Blackberry in ma face. Ah feel like a prisoner who hus jist been caught reid-haunded, even though ah've nae idea whit ah've done wrang. Aw ah did wis text a boy who doesnae go tae ma school. An aulder boy. Ah'm legally allowed tae dae a lot mair than that.

'Ye better tell Mammy,' she repeats.

There's a look o concern but also a twisted sense o excitement in hur eyes. Ah open ma mooth tae repeat that ah will, but nae wurds come oot.

'Or this is gonnae get a lot worse fur ye.'

Ma mind flashes back tae hoo small Dorian made me feel doon the woods. This is like that oan steroids. And at least he wasnae askin me tae dae anyfin ah didnae want tae.

'Who is *he*?' she repeats.

'A boy,' ah reply, fichtin back ma tears.

Mibbie if ah act like it's no big deal, she'll get aff ma case.

'He doesnae go tae yer school, does he?'

'It's nane o yer business,' ah cry.

'It's Mammy's business.'

She doesnae gie me ma phone back, but ah maneuver it oot fae under hur pillow when she eventually goes back tae sleep. At least she'd the hauf sense no tae wake Mammy ower this.

Ah change ma passwurd tae 1889. The year Hitler wis born. Ma phone passwurds are nought but apt, and Morag knows hoo much ah love Bowie. Ah'm such an idiot – 1973 wis an obvious choice. The year he killt aff Ziggy Stardust. She's no stupid.

Ah lie awake fur the rest o the nicht, grateful, at least, that the morra is a Sunday. Ma heart feels like it's floatin above ma chest like some sort o anxious wee ganfer.

Ah'm desperate fur the toilet, but ah hold it in even though it hurts. Ah start countin sheep as Morag snores away, desperate fur jist an hour, or even hauf, o shut eye.

So many bad thochts get stuck in ma heid. Ah fink o Morag, o Dorian, and why their actions hurt so much. It's because they're treatin me like ah'm nought, especially Morag, and it puts me in mind o the bullies at the wee school – the bullies ah should o stood up tae.

Ah didnae huv the guts tae stick up fur masel then and ah've still no gat the guts tae dae it noo. Ma Mammy hus been through Hell. If ah really take oan Morag, God knows whit will happen, and ah dinnae want tae dae that tae hur.

Efter whit happened tae Daddy, the last fing she needed wis tae hameschool me fur three year, but she'd nae choice. Neither o us did. If ah'd even thocht o stickin up fur masel, somewan – mibbie even me – would o ended up in juvie.

But gettin treated like that again, years later, is jist bringin back aw that trauma. Trauma ah telt masel ah wis past.

Darkness closes in fae the corner o ma eyes. Ah dream o Dorian. O no bein guid enough fur that bugger and his ratty moustache. Ah dream o the bullies. O the drawin o hoo ugly Cameron McGlinty thocht ah wis.

Dancin Shadows and Cats

1995

MAMMY SAID THERE wis a new baby in the hoose, but she gat me a doll and that wis aw that mattered. The doll hud the maist gorgeous ringlets and a silky white ootfit like the kind ah've seen lassies wearin fur their Holy Communions.

Ma life that far back is a bit o a blur, but there's some fings ah mind as clear as day.

Noo that the baby wis here, ah hud tae move intae the big girl's bed, as Daddy callt it. Ah wasnae sure ah wis ready. Lookin back, ah wasnae. Ah liked ma bed. It hud big, high broon beams aroond it, so there wis nae risk o me fallin oot, and a mobile o black and white cats that ah loved tae watch the shadows o the moon dancin roond at nicht.

We've always hud a guid hoose fur moon shadows. There wur big lang wans in Mammy and Daddy's room back then, that ran across the ceilin as the motors drove by. Ah used tae love pointin them oot tae Mammy. She telt me tae tell the wee baby when they arrive an aw.

The baby started cryin shortly efter she came hame. Ah wis playin hooses upstairs wi ma toy kitchen. As much as ah liked ma new doll, ma kitchen wis ma favourite toy. There wasnae enough oors in the day fur me tae use it. Mammy hud an Annie Rooney when she caught me playin wi it wan nicht afore the baby came. She looked so fat wi hur big bump.

'Enjoyin the doll?' Daddy said, heid peakin roond the door. Ah nodded.

'Dae ye want tae come and meet the new baby? Ye've gat a wee sister noo.'

Mammy didnae let me meet the new baby straicht away. She wis cryin fur whit felt like an age. Mammy must o gien up oan tryin tae get hur tae stoap.

Daddy put oot his haun, and ah took it. He led me doon-stairs. Ah mind Mammy hauldin a wee white bundle. It wis makin such a racket that ah let go o Daddy's haun and stuck ma fingers in ma ears.

Aw the babies in the pictures ah'd seen wur sweet. They didnae make a sound like that.

Mammy gestured fur me tae come ower.

'This is yer wee sister,' she said, beamin despite the noise. 'Hur name's Morag.'

She hud a face like a big, reid tomato. Ah thocht she'd look mair like a Cabbage Patch doll. Ah wasnae sure whit tae dae.

'Look at hur wee hauns,' Mammy said, showin me wan wrapped around hur finger.

They look like Wee Wullie Winkie sausages, ah thocht. Ah touched the rolls wioot finkin. Morag screamed even harder. Ah jolted.

'Ye twa huv tae look efter each other,' Mammy said. 'When me and yer Daddy are lang gone, ye'll always huv each other. She's a wee blessin fur ye, and yer wan fur hur an aw.'

Ah've never furgat those wurds. They took oan a new poignancy efter Daddy died.

Ah ainlie really liked huvin Morag aroond at the shows near Posh Granny Helen's hoose. Wan o the few times we've been a team was when we tried tae beat the penny faws machines.

Ah didnae know whit tae dae as Mammy continued tae show aff Morag. Ah jist wanted tae go back upstairs tae ma kitchen. Daddy realised and picked me up, gien me a ride oan his shoulders. It wis the first time ah realised that there wasnae room up there fur the twa o us.

Back in ma bedroom, well, me and Morag's bedroom, ah looked nervously at ma big girl bed. It wis an ocean o sheets compared tae where ah'd been sleepin.

'This is tae stoap ye fallin oot,' Daddy said attachin a metal bar tae its side.

It didnae look very sturdy, but then again, neither did the horses at the carnival, and ah lived tae tell the tale.

Morag came hame wearin a green cardi. It wis knitted by wan o the nurses in the hospital, ah mind Mammy sayin that. But she put it in the bin that day. Ah went and gat it fur ma doll.

'Cathy,' Mammy said later that nicht. 'Green fur grief!'

Ah wis so confused. Ah jist wanted a change o claithes fur the doll. It wis threaded wi the maist gorgeous silky ribbons.

Afore ah went tae the big school, since ah'd aw the time in the world, ah looked up whit 'green fur grief' meant oan Google.

Green is the colour o faeries. Apparently, they arenae chuffed when humans huv the nerve tae wear it, and that's why it brings bad luck.

Ah fink o Morag. She's always been in ma life, but she's ainlie ever brought me grief, wi a few rare exceptions.

* * *

Morag wis still cryin that nicht. Ma eyes wur stingin, but ah couldnae sleep wi the noise. Mammy wis at hur bedside. Ma auld bedside.

Ah wanted tae cry an aw, but ah didnae want tae upset Mammy. There wis blood at the bottom o hur dressin goon near hur bum.

'Shh,' she said, strokin a haun doon Morag's arm. 'Shh. . .'

Ma Mammy's a great mammy. The best. *But Morag needs hur noo*, ah thocht. It wis time fur me tae grow up. But ah dinnae feel ready. Ah still dinnae.

Ah guess that's why ah accepted the extra leeway fae Mammy efter fings went wrang at the wee school. Morag always came first afore then, and ah let it happen. It made sense that she wis resentful. She'd never known any different.

The Totie Tyrant

2007

'GET UP,' MORAG says. She's sittin at the end o ma bed. So much fur Sunday bein the day o rest. Ah've a hauf second o peace afore ah realise whit's gaun oan. 'Ye need tae tell Mammy.'

Ah wipe the sleep fae ma eyes.

Ah fink o a buik Mammy gied me about the Magdalene Laundries in Ireland. That's where they used tae send problem lassies. It didnae matter whether they'd gat pregnant wioot a ring oan their finger or needed a heid doactor like me, they aw ended up in the same place ruled by the maist black-hearted o nuns.

'Gimme a chance tae get ready.'

Ah huvnae gat changed in front o Morag in years. Ah wasnae gien hur the chance tae comment oan ma body as ah grew up and oan anyfin she thocht micht be lackin. No efter whit the bullies at the wee school did tae me.

Morag is a Thistlegate lassie through and through. Ah'm no sure whit ah am.

Ah run tae the bathroom, slam the door, put oan a pair o purple tichts that Morag telt me wur ugly when ah gat them, a tartan shirt and a pair o blue, denim shorts. She's gettin hur way, but ainlie fur Mammy's sake as per – as awfae as this is gonnae be.

Ah started tae work oan hidin ma Ziggy hair. Ah hud tae hauld oantae sommat o ma wee rebellion. The door burst open as ah wis coverin it up.

Morag grabs ma heid.

'YER HAIR!' she screams. 'YE'VE DYED YER HAIR!'

Talk aboot pointin oot the obvious. She's practically hyperventilatin. Then it hits me, she must o seen ma texts aboot ma hair tae Robbie. The wee bugger burst in tae see it fur hursel.

She's never hud any dirt oan me. Noo she's gat a perceived double whammy.

Ah freeze. Ah've nae idea whit tae dae. Ah've been caught reid-haunded. Or, in this instance, reid-heided.

It wis the first fing ah've ever really done fur masel independently, and noo it wis ruined. Ah'd greet, but ah dinnae want tae let hur win. No yet.

'Ah'll tell Mammy,' ah say, defeated.

Ah'm surprised she doesnae tug oan ma hair, but hur grip is so strong that a few reid strands faw tae the carpet anyway. Ye'd fink she'd be complimented. Reid is still technically a shade o ginger.

'Ye better.'

She looks so angry as ah tie it back wi a bobble. It's like she's no considered the possibility that she micht want tae change sommat aboot hur appearance as she grows up – and she micht jist need ma support wi Mammy no bein the maist open-minded o the bunch.

Fur aw Mammy said that we wur tae look efter each other. Ah dinnae fink Morag will ever look efter me.

Ah put ma broon hair back ower ma reid, compose masel, and go doonstairs. Morag micht as well be a soldier wi a gun tae ma back.

She hides behind the livin room door as ah walk intae the kitchen – intae the same room as Mammy. Ah vow tae never pull a stunt like this oan hur, as much as she'd deserve it.

She must huv some awareness o whit she's daein at twelve, but everywan grows up at their ain pace. Ah o aw folk know that.

The tiles o the kitchen floor feel caulder than usual, like ice.

Ah turn. Morag looks at me menacingly through the glass. Ah gulp. Mammy's huvin a cup o tea, mindin hur ain business. Ah take a deep breath.

'Mammy,' ah say.

She looks up and smiles.

'Ye're up early fae yer scratcher the day!' she says.

Ah take a nervous gulp.

'Um. . .'

Morag knocks ower sommat in the livin room, ear tae the door. She micht as well huv wan o those extendable ears they hud in *Harry Potter*. Nosey bugger.

'There's this boy.'

Mammy's eyes widen, and she puts doon hur cup o tea wi a clink.

'Oh?' she says, voice deepenin.

Mammy made sex soond like the maist disgustin fing in the world when she telt me aboot the birds and the bees. Ah know she ainlie hud ma best interests at heart. She couldnae staund fur me bein near a boy too young.

Ah swallow.

'Are his parents still taegether?' she asks.

She worked oot fae ma tone o voice that ah wasnae jist talkin aboot *any* boy. Ah wasnae even sure if ah liked liked him, but ah admired him, if nought else. Robbie's age made it so much different fae bein pally wi Harry.

'Ah dunno.'

'Then why are ye even gien him a second thocht?' she says, staundin up.

Ah retreat intae masel. Ah micht be the big wan six noo, but ah feel like a wee lassie aw ower again.

'Cathy, ye've gat other hings tae hink aboot richt noo. Like school. Aw yer hard work will be fur nought if ye throw it away ower some boy.'

Talk aboot an owerreaction, ah fink, focusin ma eyes oan the gairden trees tae distract masel. *Robbie's jist a pal.* Aw we did wis text. It's hardly the crime o the century when ye're auld enough tae dae the deed.

Morag marches in behind me.

'Mammy, that's not aw she's done,' she says.

Even at the wee school, naewan liked a grass. Fae whit ah know aboot hur and hur pals, it's wan rule fur me and another fur them. Ah know fine well wan o hur pals gets fags she says are fur hur Mammy fae the icy.

Mammy looks at me. Hur face turns as reid as ma hair.

'Whit else hus she done?' she asks.

It's like ah'm no even in the room. Ah've lost ma voice entirely.

Morag pulls the bobble oot ma hair wi such force that another few strands o reid faw tae the groond.

Mammy's jaw droaps.

'Cathy O'Kelly!' she spits.

She's lost fur wurds.

'Ah like it,' ah say, defiantly. 'Ah jist wanted tae experiment.'

'Tae experiment?' she repeats. 'TAE EXPERIMENT?!'

Morag walks ower tae Mammy so she kin eyeball me too.

'It's so ugly,' she remarks.

Ma eyes well.

'You look like one of those sl–' Mammy trails aff. 'Wance ah'm dressed, young lady, ah'm marchin ye straicht doon tae the chemist fur some box dye. Ah'm no lettin a daughter o mine go tae school in some state. Imagine whit the teachers will fink o me!'

Ah sigh. Aw ma life, it's like ah've been wan big extension o Mammy. Even at the wee school. When they aw started wi boys, ah probably went a bit ower the toap condemnin them, even if ah never said it ootricht, but ah'd Mammy's voice in ma ear the whole time.

'Ah want tae keep it,' ah beg. 'Please. Ah'll delete the boy's number. But ye cannae even see ma hair when it's pinned back. Ah wis careful.'

Ah bend doon, pick up the bobble and rearrange ma hair tae hide the reid. Mammy's hauns are oan hur hips. The sicht o ma usual broon calms hur doon a bit. She shakes hur heid.

'Ye dinnae huv the money tae keep yer hair like that.'

'Ah know. It willnae last lang anyway. Then ah'll get a box dye. Promise.'

'Fine.'

Morag looks disappointed. Mair disappointed than she wis oan the Christmas the front wheel o hur bike came undone, and Mammy wasnae haundy enough tae fix it.

'As fur this boy,' she adds, 'let me see whit he's bein sayin tae ye.'

Morag hauns hur ma Blackberry like she thocht she'd never ask. Mammy takes a seat and begins tae read the conversation. Ma heart faws intae ma stomach even though ah know there's nought there tae be ashamed o.

'Hmm. . .' she says.

Ah gulp.

'Ye willnae be gaun near any "gig" o his. And if he says anyfin. . . funny tae ye, tell him where tae go. Ah know yer pals wi that Harry and ah huv tae trust ye there, but maist wee boys ainlie huv wan fing oan their mind.'

Ah nod in agreement, keepin ma gob well and truly shut aboot Robbie's age. Mibbie Mammy isnae as much o a dinosaur as a thocht she wis.

'But ah cannae let the state o yer hair slide. Nae poacket money fur twa weeks. Ah'll need it tae sort that mess oot when the time comes.'

Ma heart sinks. Ah get a fiver a week. Ah'll need tae avoid the Catty fur the foreseeable. Ah shoot Morag the dirtiest look ah kin muster. She smirks. *Wee shite.*

'Ah know aw yer secrets,' she says.

Ah take a breath. David Bowie's playin in the background o whitever daytime TV is oan. *No aw o them*, ah fink, langin fur the solace o the library and the forum.

The Silent Rave

2007

IT'S BEEN NEARLY a week and ah cannae get ower whit Morag said aboot knowin aw ma secrets. She micht no huv a way wi wurds like Dorian, but hur's hud hurt me as much as his. That's the kind o phrase that keeps ye up at nicht. 'Ah know aw yer secrets.'

Ah want a new secret noo, ah fink. Nought too mental, but sommat Morag wishes she'd know but never will. Mammy's richt. Ah'm as deep as the ocean.

Ah mind whit ah'd seen oan Bebo. The Silent Rave. It's happenin this Saturday in George's Square. Hunners o folk hud said they wur gaun. The jist o it wis simple: turn up wi yer iPod or MP3 player, then start ravin away in silence. Glasgae folk huv a rare sense o humour.

It sounded like the maist politely rebellious fing ye could sign up fur. Mammy micht huv banned me fae gaun oot wi ma pals, but aw ah need fur this is ma bus fare, and she willnae stoap me fae gaun tae the library.

'Harry,' ah say, smilin mair than ah'd any richt tae efter ma wee sister's actions. 'Ye heard o that silent rave the morra?'

He laughs. 'The one on Bebo?'

Ah nod.

'It looks like this online thing. A funny idea, but I bet no one turns up. Maybe a few people and their pals, but yeah.'

Ah pause. 'Can we?'

He shrugs. 'Well, I am overdue a trip to Forbidden Planet and I've not got plans tomorrow.'

* * *

The Silent Rave is aw ah kin fink aboot, even when ah try tae put it oot ma mind when ah'm forced tae endure Dorian in English. He wouldnae approve o anyfin like that, but then again, the bugger appeared tae huv a fun bypass unless he wis tryin tae impress a lassie.

Ah watch Dorian in class. Wan o the weirdest fings aboot him is his jotters. They really are like a dug's dinner. The physical appearance o his writin and the actual content couldnae be further apart. He'd huv gat marked doon fur a stunt like that at the wee school. The first and ainlie time ah gat detention wis fur messin up a colourin exercise.

The day's lesson is aboot *Underground to Canada*. Ah'm enjoyin the story, dinnae get me wrang, but it made me wonder if we'd get tae study a Scottish or – even better – Scots author.

'Robert Louis Stevenson's *Kidnapped* is up next – once you've been divided into sets,' Mrs Smith says, as though she could read ma mind.

'Urgh,' ah say, no wantin the thocht o bein judged tae cross ma mind fur any langer than hauf a second.

Whit will be will be, as Poor Granny says.

Ah want tae hope fur the best, but ah cannae help but play the worst-case scenario ower and ower again in ma mind. Ah look oot the windae oantae the hills that surround the school and try tae fink aboot the rave insteid.

Granny Cathy never shut up about gaun up the dancin when she wis young. Ah imagine maist poor auld ladies hur age are the same. They loved the memories they made, and God knows attendin a silent rave is a way tae make wan o ma ain.

Ah mentally pick oot the sangs ah'll dance tae in maths the day. Maist folk at the rave will be gaun fur club bangers, ah imagine, but no me. Harry will almaist certainly opt fur Panic! At the Disco. Ah go fur 'Queen Bitch' fae David Bowie's *Hunky Dory* album. There's a line in that sang aboot bein 'so swishy' and it jist resonates.

***

Mammy gies me a few pounds fur a meal deal this mornin. She says she's awfae proud o me fur bein so dedicated at the school. The guilt aboot where ah'm gaun insteid o the library near enough eats me alive, but Morag's wurds aboot ma secrets are enough tae spur me oan intae the toon regardless.

Ah meet Harry under the clock at Central Station. Ah'm glad he didnae even suggest invitin Ruth, but gien hoo borin she is, it would o been a flat oot naw.

There's mair folk than usual under the clock. Some are wearin heidphones. A man in jeans and a trackie toap is cuttin shapes awready. The confused crood huv cleared a space fur him. Unless they're aw here fur the rave, which is unlikely, they probably fink he's a junkie.

Harry emerges fae the crood. Ah could spot him anywhere. He's awfae tall fur his age, and his fiery reid hair is hard tae miss.

'Hey,' ah say.

Afore he's hud a chance tae reply, mair folk join the rave's apparent instigator.

'I thought we were going to George's Square?' Harry asks.

'We are.'

'I guess this is the one time when we really should follow the crowd?'

Ah laugh.

* * *

It's a dreich day in George's Square, but the air's electric. Ye kin practically smell the excitement o everywan who's gathered, iPods and MP3 players in hauns. Ah fink o aw the times ah've danced in front o ma wardrobe mirror. This is gonnae be like that but a hunner times better.

Harry didnae need tellin. He starts swayin fae side tae side. Ah've nae idea why that's a lot o folk's go-tae dance move. Ah suppose it's easier than usin yer feet. Harry's eyes are shut and he's hauldin his iPod in the air. Folk follow his lead. Fun like this is infectious.

Ah take a deep breath o the damp, refreshin air. Ah've an iPod an aw. Ah wis so excited when ah gat it. The heicht o technology, even though it's second haun. But ah wis unlucky enough tae squish it in ma schoolbag. Ah've never looked at it the same way noo it's banana shaped, fur aw it works well enough.

Ah select 'Queen Bitch' and start dancin like a maniac. Ah look at Harry. He's gat nae idea whit Morag hus done tae me, and ah'm too ashamed tae tell him. Ah dinnae fink ah'd be enjoyin the rave as much if it hudnae been fur hur. It's gettin rowdier by the minute. A big group o folk huv come the gither and are jumpin up and doon. Wan blows a shrill whistle.

'Here we. . . Here we. . . Here we fuckin go!' they shout.

Harry is still swayin away, eyes fixed oan the statues towerin ower the square. But he soon clocks the ravers ower his music and looks doon, concerned.

'If ye can't beat them, join them?' he says, as the crood starts tae rush around the square.

Ah nod in agreement, even though ah'm startin tae get the fear.

It's like the tiny wee bit o sun peakin through the grey sky is Morag, and ah'm determined tae huv wan fing bar the forum that ah've kept tae me and me alane.

Then it happens. Polis sirens in the distance.

Surely no? ah fink.

The lad wi the whistle blows it again. The whole crood is gettin worked up intae a frenzy.

'So swishy!' ah shout, no gien a fiddler's fart aboot who kin hear me.

Ah'm near enough knocked tae the reid groond as ah pause tae pick ma second sang like an ejit. Harry grabs me afore ah faw.

We look up tae total chaos. A bunch o polis huv ran oantae the square and are usherin folk away left, richt and centre.

Me and Harry leg it in a way ah've never run afore. Ah should o been mair concerned at the thocht o an arrest, even though it wasnae illegal fae whit ah know, but aw ah could fink aboot wis the fact that this sort o runnin would o wan me the trail run. Ah pray ah dinnae pass oot again like when ah did the Bleep Test.

We stoap oan the steps outside Borders. Ma eyes roll tae the back o ma heid.

'Cathy!' Harry says. 'Cathy!'

* * *

Ah come twa. Folk are starin at me. Ah near enough conk oot again. Then ah swatch Harry's kind face, the freckles that ah wish didnae put me in mind o Morag.

'Bloody hell, can you run,' he says.

A look o total relief passes ower his face. There's twa emos gettin in oan the action. They cheers wi cans o Rockstar. The purple wan.

'Ye'd be surprised at whit folk are capable o when they've a fire under their arse,' ah say wioot finkin.

Ah sound wise like ma Poor Granny Cathy. Ah look up at Borders. Rows o buiks are peakin oot the windaes. A sign if ah ever saw wan. Folk like Morag want me tae gie up oan ma dream, but it's still always starin me in the face.

The Toap Group

2007

IT'S JUDGEMENT DAY. Even if ah'm no risin up body and soul tae meet the Big Man. The day's the day ah'll know if ah'm in the toap group fur ma Standard Grade English. Ah'd pray, but ah've been through so much that ah dinnae see the point.

Ah read somewhere oan the internet that ye've tae dress fur the joab ye want, no the joab ye huv. Ah put a pair o kitten heels intae ma school bag and ditch ma Clarks' clunkers behind the bike shed oan the way in.

Mammy wis nane the wiser aboot the silent rave, neither wis Morag, and despite everyfin, that wee – okay, big – act o rebellion hud gien me some much-needed confidence.

Ruth walks across the playgroond.

'Ye should o worn sensible shoes,' she says, gesturin tae hur own chunkers, which arenae much better than mine.

Ah know she's Harry's pal, but the mair ah fink aboot it, the mair ah jist cannae warm tae hur.

Ah pretend the playgroond is a catwalk and strut oan regardless. Ah press play oan David Bowie's 'Fashion'.

Ah take a deep breath and try tae accept the worst-case scenario in case it becomes a reality. It will feel like the end o the world, but in time, ah micht realise it isnae. Ah doot it though. Ah cannae see a world where ah'm no writin. This is ma ticket tae makin it a reality.

Everyfing in life hus its time. Whether it's a wee timorous beastie ye find in yer rice crispies wan mornin, a friendship, or God forbid, a virus, it aw begins and ends at some point. It's the no lastin that makes it special.

Ye're ainlie sixteen wance. Ah've gat nae real responsibilities beyond the school. Ah cannae spend every moment o wan o the maist carefree times o ma life riddled wi anxiety aboot whit's tae come.

Eventually, ye'll find yersel lookin at an empty seat where somewan special used tae be, knowin that there's nae evidence o their life but photies, the odd recordin and dust. Aw those memories: gone.

That's why ah want tae tell ma stories, but ah'm so full o doot. Ah look at other folk in the playgroond. They aw look so carefree compared tae me, wi the exception o mibbie Ruth and hur 'sensible' shoes, but ah guess that's the burden o tryin tae create sommat that will be around furever.

A burden that ainlie Dorian seems tae understand.

Ah wonder if there's mair tae his girlfriend than jist a pretty face. Hur Bebo is impressive, but it's still a carbon copy o every other wan ah've stumbled across belangin tae a goth. Ah wonder if she wis jealous o whoever broke his heart.

Ah wonder if it's that Jenny lassie, but ah still feel uncomfortable aboot hur and Dorian's past and put it oot ma mind.

Ah know that if ah huv a bad attitude taewards sommat, it equates tae a self-fulfillin prophecy. That's why ah keep sayin 'stoap' every time a bad thocht pops intae ma heid. Ah've been daein it every so aften ever since ah gat bullied oot the wee school.

Stoap! ah tell ma brain when it says Hell will freeze ower afore ah end up in the toap group. *Stoap. Stoap!* ah say again when ma brain goes wan step further and tells me ah could even end up in the bottom group.

'Boo!' a voice says behind me.

Ah jolt. It kin ainlie be wan person: Dorian.

'Nervous?' he asks.

Ah know fine well he isnae.

Ah read somewhere that if ye staund by a river lang enough, the body o yer enemy will float by. That bugger needs the wind taken oot o his sails sooner rather than later, but ah dinnae fink it will be the day.

'Ye know ah am,' ah admit, no carin that ah'm bein vulnerable.

If ah try and put oan a face and the worst comes tae the worst, ah'll be knockin doon a bog wall in rage insteid o jist drawin oan wan.

***

Ma legs are shakin below ma desk. Wan rises so far a bit o hauf dried-up chewin gum gets stuck tae ma tights. Dorian is as cool as a cucumber. Ah wince afore ah'm distracted by ma nerves again.

'Good morning,' says Mrs Smith. 'Now, I know that you've all tried your best this term, so there's no need to worry about what set you end up in. It's just so we teachers can do our best to give you the best possible chance with your Standard Grades!'

Ah wish ah could see it like that, ah fink. But naewan wi any ambition when it comes tae English does – especially no Dorian. This is Judgement Day.

'I don't want any of you to get upset or worked up,' she continues. 'Today we are going to look at General and Credit Standard Grade papers, and then I'll tell you what set you're in at the end of the lesson.'

General papers are fur folk who are average. The Cs and 3s o the class. Credit is fur the smart wans. The As and Bs and Wans and Twas.

Ah feel like ah'm oan the verge o a panic attack. Dorian happily takes oot his dug's dinner o a notebuik.

'Remember,' Mrs Smith says, 'it doesn't matter what set you're in. You'll be sitting the General and Credit papers on the day. Unless we think you need to sit Foundation, but that's a decision that will get made at the time.'

Ah sigh. Easy enough fur hur tae say. It's the uncertainty o it aw that kills me. The mair ridiculous a situation, the harder it is tae prove. *In the age o Bebo, the PlayStation and flip phones, why would anywan want tae be a poet?*

But ah guess ye could say the same aboot writin in yer ain tongue.

Freedom. That's whit Scots means tae me. The freedom tae go against the grain. Everyhin guid in this world started oot like a mad idea, and there's a whole language oot here in Scotland that most folk dinnae know is even a language.

Mrs Smith droaps a General paper oan ma desk. Dorian's gat a Credit wan. It makes me wonder if it's deliberate. *Surely, it's no an accident?* We make eye contact, and he smirks.

Feignin confidence, ah say, 'Well, it isnae ower till the fat lady sings.'

'Keep telling yourself that,' he replies, leaning back.

The bugger deserves tae faw richt back and split his heid, as much as ah feel like an awfae person fur wishin it. Jist sommat, anyfin, tae knock him aff his pedestal.

Sommat oan the flair distracts me. It takes me a few seconds tae realise it's a moose. The class would go mental if they spotted it, but naewan else seems tae huv noticed. The moose gets bigger as it scurries up the rows o desks taeward me and Dorian.

It's gat cute disk ears. Almaist like the flyin saucers ah used tae love gettin fae the icy. It's ainlie when it's near enough ma schoolbag and ma cheese sandwich that ah realise it's a bloody rat. A baby rat, but a rat nanetheless.

Ah dinnae want tae cause a scene and gently kick ma bag. The wee fing scurries ower Dorian's ripped up Converse All Star shoes. He looks up, suddenly.

'Did you kick me?' he whispers.

'If ah'd kicked ye, ye'd know aboot it.'

He rolls his eyes.

The wee rat wis a welcome distraction, but the paper is still in front o me, and ah cannae no at least attempt it. Ah read the passage. It's aboot the dangers o the internet. *Dorian should o gat this wan insteid o me.*

Ah lose masel in the ink.

* * *

'Well done, Third Year,' says Mrs Smith.

It's probably the maist the class hus ever concentrated. Ye could hear a pin droap as we wait tae hear oor fate. Ah cannae imagine folk at St Mungo's carin so much aboot whit section they're in. Fae whit ah know, it's aw aboot huvin the best o gear in the claithes department.

Ah fink o hoo small ah felt back when ah started school fur the very first time – and the hope ah hud. Mammy said ah wis the maist hopeful wee lassie she'd ever met. That's the power o a sheltered upbringin.

But even toys wur a competition in Thistlegate. Daddy couldnae work efter he gat sick, but it didnae stoap ma pal roond the road wan uppin me every time ah gat sommat she fancied.

Ah mind gettin Sea Monkeys fae Argos. Ah'm still no sure exactly whit they are, but she had tae go wan step further and get some Sea Monkey Kingdom fing. She let the poor wee mites die a slow and painful death efter rubbin them in ma face.

Ah take a deep breath. Mibbie sets matter jist as much at St Mungo's. They could, but Morag's at the stage where it doesnae seem tae matter.

The class fills wi whispers as folk find oot whit set they're in. Mrs Smith puts a finger oan hur lips, but folk pay nae mind.

Ah look up. She hauns me a yella piece o paper.

'Cathy O'Kelly. The middle group. Well done on all your hard work!'

The bell rings afore Dorian hus a chance tae see. Ma nichtmare hus turnt intae a reality. Ah gat a fresh start, but despite tryin ma best, ah've paid the ultimate price fur stayin true tae masel, fur writin in ma ain tongue.

Ah tear up and keep ma waterin eyes fixed oan the piece o paper. Ah'm no gien Dorian the satisfaction o an immediate reaction. If he's gat wan guid bone in his body, he'll let me grieve afore makin any wise cracks.

Ah look oot the windae oantae the playgroond as the soond o ma classmates fades intae the roar o the hallway ootside.

'Cathy?' says Mrs Smith.

Ah turn and burst intae tears.

'Oh, Cathy. The middle group's a great achievement. You've been out of formal education for three years. Honestly, you should be so proud of yourself.'

She's talkin rubbish, and she knows it. Ah hud wan-tae-wan tuition wi an actual teacher. Ah should o done better than this, even if she hates Scots.

Ah staun and make ma way oot. Dorian catches me. He must o been waitin at the door.

'Ashes to Ashes,' he says, knowin fine well ah'm heartbroken.

Him mentionin Bowie, at least ah fink that's whit he's daein, and wan o ma favourite sangs, wis his way o twistin the knife. Ah want tae clout him, but ah cannae.

Ah hide in the bog fur the rest o the day, mufflin ma cries wi ma jaicket. Ah say nought in the car hame. Mammy knows whit's happened wioot me sayin a wurd.

* * *

Ah faw tae the kitchen flair when ah get hame and break ma heart. There's nae consolin me.

'Mibbie if ye hudnae spent so much time talkin tae boys, ye'd huv done it,' Morag says.

Ah dinnae even huv the energy tae ficht back. The middle group. Average. That's aw ah am.

Mammy bends doon tae comfort me.

'Cathy, ah know yer no gonnae believe me, but this really isnae the end o the world,' she says. She then turns tae Morag. 'Up the stair. Noo.'

Morag complies wioot a wurd.

'That concert,' she says, 'it's this weekend?' Ah nod and she puts a £20 in ma haun. 'Go huv fun, and when it's ower, ye show that Mrs Smith whit the O'Kellys are really made o.'

Ah reluctantly take the money.

Ringo Star

2006

IT'S BEEN A month since ah found the All the Young Dudes forum. As much ah'm tempted tae, ah dinnae dare post a fing. Lookin back, ah'm surprised ah wis able tae dae it efter a year. It's been such an eye-opener though – nae jist the music.

Ah'm ashamed tae admit ah didnae really know whit transgender meant until ah saw Ringo talkin aboot it oan a thread. No properly. Aw ah saw aboot it wis that documentary Mammy made me switch aff, and it gied the impression that bein trans wis nae different fae bein an emo or a goth. It jist gat ye a lot mair stares.

Ringo taught me that gender exists oan a spectrum and that naewan would chose a path that hurt if their life didnae depend oan it.

Ah love the name 'Ringo'. Jist like the Beatles. He wrote oan the forum that it wis the perfect fit, but ah couldnae help but wonder hoo auld he wis, and if he wis sure that he really doesnae want tae be a lassie anymair. But each tae their ain, as Mammy says. The maist important fing wis that he wis happy and comfortable in his ain skin.

There wis a wee wan next tae ma inbox oan the forum.

'Hey! Noticed you were new and just wanted to welcome you to the forum. Feel free to say hi on any threads and happy browsing!

All the Young Dudes x'

Ah wondered if the person who made the forum is a lassie or a lad. It's hard tae tell oan sommat like a David Bowie forum.

In wan thread, someone shared their total shock that the person wi a photie o Hayley Williams wasnae *the* Hayley Williams. Ah guess it wouldnae be ootwi the realm o possibility. Ah googled hur, and she's American. Maist o the folk oan the forum are fae the States.

America means a lot tae folk fae Thistlegate. It's where oor greatest export, Lizzie Black, lives. There's a whole section dedicated tae hur in the library. *Inside Filmland: Life with the Stars* is ma favourite buik. It's gat hur horoscope in it and the likes o Doris Day's and James Stewart's.

Apparently, James Stewart's hoosekeeper lives up the Thistlegate Nursin Hame. Ah heard twa auld ladies in the library talkin aboot it that day. That's why ah mind it so well.

The auld yins roond here paid nae mind tae the 'Silence' sign. A lot o them come tae eat their lunches. Ah wance found a flake o salmon between the keys o ma computer.

'It's no jist James Stewart wee Maggie says she knew. She said she worked fur Frank Sinatra an aw!' wan o the wummen said.

'Pfftt. . . The dementia. It does aw sorts tae a person's mind.'

But as much as they didnae believe hur, ah did. If Lizzie Black could gie it laldy wi the best o them, then mibbie some wumman callt Maggie made it tae America in the fifties an aw. Ah wanted tae be hopeful too. Ah hud tae be hopeful then. Ah still dae.

Ah looked at the timer oan ma computer. Ah'd hauf an oor left. Another wan appeared in ma inbox. It wis fae RingoStar.

'Hey! Love the name, Glitter. What's Bonnie Scotland like?'

Yer no supposed tae gie oot yer real details oan the internet, but Scotland is a big place, and ah'm no exactly Marilyn Monroe. Ah wis a total naebody. Nae pals. Nae nought.

'It's cold,' ah replied.

Ah quickly deleted the sentence. *Ah shouldnae,* ah telt masel. Ah looked ower at the CD section. The twa wumman who dooted wee Maggie and James Stewart wur droolin ower a Lizzie Black CD. They'd gat a third pal wi them that day. She burped so loud ah could hear hur fae the computer suite. The librarian raised a finger tae hur lips.

Ah shook ma heid. *Naewan is ever gonnae know if ah make an internet pal.* The Guides aside – and even there, ah ainlie really clicked wi Rachel – those auld wummen wur the closest ah hud tae pals, and aw they did wis try tae and fatten me up wi Asda SmartPrice cupcakes.

'It's cold,' ah typed again. **'Congrats on coming out,'** ah added.

Ah hit send afore ah hud a chance tae owerfink it. Ah wasnae sure if that's whit yer meant tae say, ah'm still no, but surely huvin the courage tae be yersel is worth celebratin?

Ma heart started tae race as ah waited fur a reply. Ah wis scared ah'd pucked it and wis about tae get ma account cancelled.

The moment the auld burper went again, another wan appeared in ma inbox.

'Thank you! This is the only place I've been brave enough to say it, actually. I don't think my family will understand. I think it's what drew me to Bowie. Androgyny. He helped me find myself. How did you get into his music?'

Ah smiled. It wis Daddy's CDs. Mammy wis gonnae put them in the bin wan day shortly efter fings went tits up at the wee school, and ah stoapped hur. Ah didnae want tae lose anyfin that micht help me get tae know Daddy better.

'My Dad. He had this CD. *Best of Bowie*. Then I found some more compilations in the library. Only just listening to the proper albums. I've been pretty lonely. I guess his music has helped me realise that it's okay to be different.'

Ah smiled at the realisation. It didnae seem real until ah wrote it doon. Ah wondered hoo Bowie would o gat oan in a place like Thistlegate. No well, ah imagine. He wore dresses. The poor bugger would o gat crucified.

'Hen,' said a voice.

Ah nearly shite masel. It wis the burper.

'Kin ye show wee Helen here hoo tae use the computer? She's no gat a clue. Ye young wans are so much smarter than us auld duffers.'

Helen smiled. She'd furgat hur falsers that day.

'Aye,' ah said, nervously closin doon the windae fae the forum.

Helen sat doon. She smelled like spices and cigarette smoke.

Ah'd the brain no tae log oot o ma account. Ah doubted that she would be lookin at anyfin dodgy, and ah didnae want tae be gien oot a free computer lesson fur mair than hauf an oor.

'So whit are ye wantin tae dae oan the computer?' ah said.

'Slots,' she said, quietly, almaist a whisper.

'Ah'm sorry?'

'Hen, she likes the slots. Ye ever been tae Blackpool? It says in *Hello!* Magazine that ye kin dae them fur free oan the inter webs. Bettie's been hoachin fur a go since she saw the ad. She's no gat a credit caird, so she cannae blow hur pension. The free wans. Come oan, hen. Let the poor bugger get hur fix.'

She grabbed wan o ma hauns and forced a crumpled up fiver intae it.

'Come oan,' she said, beamin like a puppy.

Ah guessed as lang as it wis a free site, there wis nae harm. *It'll keep them entertained fur an oor*, ah thocht.

'This toon. . .' wan said as ah typed free bingo sites intae Google. 'Naewan fae here does nought. Lizzie wis an exception.'

Ah couldnae help but feel resentful. She wis condemin me an aw. Ah still feel like ah'm destined tae be nought mair than a stupid wee lassie destined tae amount tae nought.

'So ah'm supposed tae dae nought an aw?' ah said wioot finkin.

Ah furgat there's nae heidphones in the computer.

'Welcome to Bet 206 Casino,' a voice boomed throughoot the library.

The librarian rushed ower. Aw three o the auld wummen pointed their bony fingers at me. The librarian shook hur heid. Ah swallowed.

'Come on,' she said. 'You can play the preloaded poker game, but that's it.'

Thank God, ah thocht. She must o seen it a hunner times afore. Mibbie ah wis too harsh oan the three witches. It's no like they hud anyfin better tae dae wi their time.

Ah loaded up the free poker game, despite them throwin me under the bus.

Another wan o the auld wummen grabbed ma haun and shoved in a tenner. The three o them crooded roond the computer then telt me tae bugger aff. They needed nae instruction when it come tae that wan.

Ah stood and looked at the Lizzie Black display oan ma way oot. Mibbie whit happened tae hur wis a fluke. But history's gat a funny habit o repeatin itsel.

Ootside the library, ah realise ah've furgat ma bag. Ah rush back in. The three auld wummen huv found sommat new tae keep them entertained.

There wis some commotion at wan o the wooden tables near the librarian's desk.

'Nae puckin way,' said the burper.

'It's there in front o yer eyes!'

'Oh my god. Wee Maggie! She wasnae talkin shite!' added another.

A buik callt *At Hame wi the Stars* wis lyin oan the desk. It wis a new addition. Ah looked ower their shoulders.

There wis a photie inside James Stewart's hoose. In the corner, wis a wumman. It must huv been Maggie.

Ah took a deep, hopeful breath and grabbed ma bag. Mibbie the folk fae Thistlegate are capable o mair than even they expect o themselves. Ah mind that memory when ah run oot o tears aboot bein put in the middle English group.

The Catty

2007

AH KIN STILL smell the damp and the dark o Central Station even when ah'm no there. The thunderin roar o the trains as they hurtle alang the tracks. It's the nicht o Robbie's gig.

Everyhin is possible in that stupid club. An unsuspectin set o doors tacked oantae a much grander buildin. Aw that matters inside is dancin, singin and feelin like yer a part o sommat – sommat mair than graffiti oan bathroom walls and a forum full o strangers who actually *gat* auld music.

Ah didnae know the girls' names, but afore ah went oot the nicht, ah made a point o lookin up the Bebos o hauf the alternative lassies in Glasgow. It wis fascinatin. They aw hud such perfectly crafted images that ah couldnae help but admire. Ah could ainlie afford the mobile data thanks tae the auld wummen in the library slippin me a tenner.

Ah'm ootside the Catty. Ah try tae fink o the lassies inside tae distract me fae the middle group. Nane o them look like they care aboot much apart fae hair dye and music.

Ah wish ah wis that carefree.

Ah'm oan ma tod the nicht. Ah lied and telt Mammy that Harry wis comin wi me, but she'd let me go so last minute that ah'd twa options: come alane and tag alang wi Robbie and pals or no come at aw. Ah hope he willnae mind.

'Can't wait to see you later!' ah text him. 'That's me here.'

Ah dinnae put a kiss. Ah dinnae want him tae fink this is anyfin other than a buddin friendship. Ah'm still uneasy fae Mammy readin oor conversation an aw.

'Smoking area x,' he replies.

* * *

The insecurity o the failure that is ma would-be career fades away as ah step past the Rollover hot dug machine and intae the cloud o smoke ootside. Fur aw it's callt the Unders, the folk inside are never held tae that.

Robbie's staundin in the corner o the smokin area in a heavy, studded leather jaiket. He genuinely looks the part. Dorian's lang emo fringe and tattered Converse are posin by comparison. New Rocks are where it's at.

Ah thank God that Mammy gied me this wan inch o freedom, despite everyhin Morag did tae stoap it.

'Didn't think I'd see you here again,' Robbie says. 'You've been pretty quiet on text?'

'Didn't think ah'd be back,' ah reply. 'School's been busy,' ah add.

He nods knowingly afore takin a guid look at ma Ziggy hair. 'Your hair looks even better than I'd imagined it,' he says.

Ah beam. Ah kin tell he means it in a nice way and that he's no sayin it fur an ulterior reason. Like Harry, who is nice fur the sake o bein nice. At least ah hope so. Ah'd be mortified if ah'd gat him wrong efter everyfin ah've lived through.

The folk oan the forum are the same. Ah'd made ma first post ever yesterday because ah wis in twa minds aboot whether or no tae come the nicht. Ah tell them aboot ma hair an aw and implied that the folk around me jist dinnae understand. Ah'm glad naewan oan there knows hoo auld ah ah'm, no even Ringo. Ah'm sure they know ah'm young, but they treat me like ah real adult, and ah appreciate it mair than they will ever know.

'You're more special than you think you are,' wrote the lassie who calls hursel Sister Midnight. 'Just go for it.'

Robbie gestures tae the venue. 'You can come upstairs while we tune up?'

Ah smile and nod. This micht be the last place in the world where Mammy would put me by choice, but ah feel at hame among the leather chairs and the lyrics aboot fichtin back – as at hame as ah feel oan the forum. God. Ah'd kill fur unrestricted access tae a computer.

Ma fate wi the writin, ma real fate, will be decided fur guid in a year or so, but it doesnae matter in here. Fur a moment, neither does the middle group.

Robbie finishes his roll-up and puts an arm around ma back tae let me know it's time tae go upstairs.

Wance upstairs, Robbie gies me a leg ower the barrier so ah can stand richt at the front o the gig. Folk gather behind me as the band begins tae tune up. Ah feel masel gettin hotter and hotter.

Robbie hus a metal bar through the toap o his heid, no a wurd o a lie, oan the bridge o his nose, and a ring through it. He's an airport security guard's worst nichtmare. He disappears fur a while as his band continues tae dae their fing. He comes back in a dress. Ma eyes almaist pop oot their sockets.

'A lad in a dress!' ah kin hear Mammy shoot fae Thistlegate.

Ah dinnae fink she's against the gays, or Bowie, but she wouldnae be a fan o me aroond a lad like Robbie. She'd say he wis a bad influence. He's really the best kind o influence.

Ah look at him, starry-eyed. Finkin o the silk Japanese kimono that David Bowie wore at his last gig as Ziggy Stardust. Ah'm probably the ainlie person in here who knows that took place in 1973. Hammersmith Apollo.

Part o me wants tae take a photie oan ma Blackberry, tae share wi the folk oan the forum. Ah reckon they'd be well intae seein a gig in Scotland. Ah'm sure Robbie would appreciate the publicity, but the risk o somehoo gettin hacked again by Morag is too high, and the last fing in the world ah want is fur hur tae find oot aboot the forum.

Morag probably hus a notepad somewhere in the hoose wi passwurd guesses aw ower it, jist plannin hur next attack.

Robbie's singin voice hus this earthy tone tae it. Ah'm transfixed, even if ah dinnae quite take tae him when he's screamin.

* * *

'Ye wur great,' ah say in the smokin area.

'Hey guys,' he says, gettin the attention o the rest o the band. 'This is ma wee pal. The writer.'

Ah smile. *Scots.*

'Hey,' they say in unison between swigs o beer.

Robbie's thick black hair faws ower his face, but he's no hidin behind it like Dorian. He takes a draw o his cigarette.

'So, how's the writing going anyway?'

Ah pause. Ah want him tae like me, but he seems so trustworthy and real. Ah tell him the truth. Shame the Devil and aw that.

'No great,' ah admit. 'Jist got put intae the middle group. Pretty sure ah'd have done better if ah hudnae wrote in Scots. And there's this lad in ma class, Mark. He's a pretty decent writer. He's huvin a field day wi the whole fing.'

Ah'm proud o masel fur callin him Mark and no Dorian. That's whit he deserves. Ah'm no respectin the pretentious name he picked fur himsel. No anymair.

'Why do you care so much about what he thinks?' Robbie says, smoke swirlin intae the hauf licht. 'What do you think?'

'Ah dunno. Naewan hus ever thocht much o me, ever,' ah admit. 'Ah guess ah jist wanted the approval o somewan ah respect.'

'What about your own approval?'

Ah look up at the spiked railins. Ma earliest memories are o the chapel. Everyfin ah've done in life hus been fur other folk's approval – even if they're oan a cloud in the sky.

Ah pause.

'Ah've always liked masel, fur whit it's worth,' ah say. 'Sometimes ah dinnae, but ah respect masel – the ficht ah've in me.'

'That's all you need.'

'Whit made ye so wise?'

'Fucking nothing.'

He takes another draw o his cigarette. A roll-up that doesnae glow as much as Dorian's doon the woods.

'Punk, maybe,' he continues.

'In the nicest way possible, ah thocht yer music wis aw screamin the first time ah saw ye sing.'

He laughs.

'Well, look at you,' he says, gesturin tae ma floral toap and jeans.

He wis richt. There's rockers and then there's. . . me. This is the maist rebellious ah've ever been in ma tod. Silent rave aside. That wis the clear winner, admittedly.

'How the heck did you get such good taste in music and films?' Robbie asks. 'There must be someone decent in your life. That or you've got an entire HMV at your disposal. In which case, I want in on it.'

'Bowie forum,' ah reveal.

It's ma wan secret. The wan fing Morag doesnae know aboot me. Harry doesnae either. Ah dinnae fink talk aboot Lou Reed, Iggy Pop and Tom Petty would make much sense tae the likes o him.

'Incredible,' Robbie says.

There's a heavy black tattoo o a skull oan his arm. The smoke fae his draw stings ma eyes. He pauses afore openin his mooth again.

'So many people have said this before me, so don't listen and think I'm some sort of philosopher,' he begins.

Ah roll ma eyes at the thocht o Dorian. He calls himsel a philosopher oan his Bebo. Ah'm no sure it counts if it's a title ye gie yersel.

'But punk's about kicking back against the system and saying, "This is me. Here I am and fuck you if you don't like it."'

Ah laugh and then it hits me. *That's Scots an aw. That's writin in the tongue ah speak.*

'But kin rebellion be jist wurds? Ah'm aboot as rock and roll as a fart in a care home.'

'Think about it. Bowie. He sang in his own South London voice from the get-go.'

Ma eyes widen. 'You're a Bowie fan?'

He looks at me like ah've jist asked the maist obvious question in the world.

"The Laughing Gnome' isnae his best work,' ah admit, 'but God knows Bowie sang in a London accent if ah ever heard wan.'

Dorian doesnae seem hauf as impressive noo.

Robbie affers me a draw o his cigarette, and ah shake ma heid. Ma Poor Granny smokes like a chimney. Mammy would huv ten kittens if she caught a whiff o it oan me.

His pal affers me a drink o whit looks like Coke next. Ah take a sip, no wantin tae be rude. *It's bloody alcohol!* But ah smile, grateful, no fur the drink, but fur daein sommat else a bit rebellious that Morag will never find oot aboot. It's no like the Catty is *Big Brother*.

'Wanna come to the front again when we play? I can lift you over the barrier this time,' Robbie says.

'Ah thocht the gig wis ower?'

'The fun's only just begun.'

Ah've nae idea if Mark's even gonnae be here the nicht. It wouldnae surprise me if he's turnt up oan the hunt fur a new – or another – girlfriend. He telt me he believed he could make somewan faw fur him if he wrote the richt wurds doon. Mibbie he's richt. Mibbie he's sittin in a dark corner somewhere, eyein up his next victim and scrivin hur a poem.

'Why no?' ah say.

* * *

'Hope you enjoyed the first part of our set,' Robbie says, smilin a cheeky grin.

Ah'm lost in the music. It's the same kind o contentment ah feel when ah get lost in buiks, music and the internet. It doesnae matter here that ah've seen a heid doactor, that ah gat bullied oot a school, or that ah'm in the middle group. Ah'm just a member o a faceless, happy crood, dancin the nicht away, even if ah'm plunged richt back intae ma reality when it ends.

Ah find it hard tae relax like this. Ah put so much pressure oan masel. *Whit lassie who lost hur Daddy at a young age and spent near enough three year in the hoose wouldnae?* Mibbie a

grawn-up would dae the same in ma situation. It would proba-
bly be worse fur them. Ah've telt masel it wance, and ah'll say
it again, at least ah've gat youth oan ma side.

Robbie disappears afore the last sang.

The crood is shoutin, 'WAN MAIR TUNE!'

Ah'm no a shouter, but ah cannae help but join in. 'WAN
MAIR TUNE!'

Robbie appears at the barrier, again. He gestures fur me
tae jump ower it again. Wioot a second thocht, ah grab his
haun. Ah expect it tae be as sweaty as mine, but his grip is
surprisingly firm.

The crood cheers at the sight o me bein pult oot. Robbie
takes me tae the side o the stage this time.

'I want you to see what I see,' he says. 'You can watch it
from here.'

He then runs back oantae the stage, and another member o
the band throws him a mic. The crood cheers even harder. Ah
clap too. Ah dinnae care that ah'm standin in the corner like a
spare part next tae the security guards.

The crood is packed in like sardines in a tin. But they're aw
so happy in a way that wee deid fish will never be. A lad at the
back flings a cup o water in the air. It soaks the bricht back-
combed hair o the lassies in front o him, but they jist laugh.

Ah scan the crood fur Mark. Ah cannae see him. He's no
gat the nerve tae come tae a gig alane. He micht act aw high
and michty, but he's mair scared o the world than me.

Then it hits me, like the ice water splashin ma ankles, ah'm no scared o folk anymair, at least no richt noo, and ah couldnae gie a fiddler's fart aboot their opinions.

It's the best nicht o ma life. Not ainlie that. It wis useful oan the writin front. Aw this time ah've spent lookin up tae Bowie, and ah'd never realised oor big similarity. We baith write in the tongue we speak.

* * *

Sommat's glowin fae the windae – fae me and Morag's bedroom – when me and Mammy pull up tae the hoose. She'd gat me at ten o'clock near enough oan the dot at the station. *That's strange*, ah fink. Ah'm sure oor big licht is oan the ceilin and no floatin near the windae.

When ah'm a few fit away fae the hoose, ah realise whit's gaun oan. *The wee bugger is smokin!*

Ah fink o Morag shinin ma Blackberry in ma face as she questioned ma moral compass, but here she is, Miss Not-So-Perfect, efter aw.

'Hullae,' ah say fae the gairden.

'MORAG!' Mammy shouts.

It's dark, and ah kin ainlie see part o hur face, but it's priceless. Oot o shock, she droaps the evidence oot the windae. It lands in wan o the big plant pots and extinguishes itsel.

Mammy rushes in and upstairs. The smell o Charlie bodyspray hits hur like a cloud when she goes intae me and Morag's room. *Nice try*, ah fink. She'd huv hud mair luck

274

extinguishin the bugger, flushin it, then blamin the licht oan hur mobile phone.

'Dae ye want tae be as wrinkly as yer Granny Cathy?' Mammy asks. 'That's ye groonded. A month. Ye should know better efter everyfin yer poor Daddy went through wi his health.'

Morag nods sheepishly.

Ah cannae imagine she's been smokin fur lang. Ah'd huv noticed. She's probably ainlie hud a few ciggies like the twa or three Poor Granny would treat hursel tae at the dancin fur a threepenny bit. But the point remained. Folk in glass hooses shouldnae throw stanes.

God really does work in his ain time.

The Middle

2007

AH FEEL LIKE the biggest failure in the world as ah walk intae the middle English group. Mammy telt me that at least ah'd been true tae masel and that counted fur sommat – even if it hud been against hur better advice o writin in English.

Ah wish ah could run away fae ma ain heid because naewan else would o taken the middle group this badly. No even Mark.

* * *

'You chose to let what I said down the woods that day hurt you,' he said, swatchin the tears in ma eyes in regi this mornin.

As if that wis the ainlie hurtful dig he's ever made.

Mark could deck a person wi a broken leg and still come up wi a way tae absolve himsel o the guilt, ah fink. He doesnae seem like the kind o person who's ever said sorry tae anywan ever in his whole life.

'Huv ye ever apologised tae anyone?' ah asked.

He proodly shook his heid. He telt me he wis wise enough tae no make any mistakes.

Poor Granda Billy said that when he wis younger he thocht he knew everyfin, that it wis ainlie when he gat aulder that he realised he'd be learnin until his dyin day. Mibbie Mark will find the humility tae make a similar revelation, but it's no happenin any time soon.

'I'm sorry you felt that way,' Mark said.

It wis as close as ah wis ever gettin tae an apology.

Ah forced a hauf smile. Ah wasnae aware that feelins wur a choice. They jist appear. Like clouds in the grey sky.

'You've all shown great promise to get into this class,' Miss Smith says bringin me back intae the reality o the dreaded middle group.

Trust me tae get the same Scots-hatin teacher again.

Ah mooth the wurd average at ma wooden desk, as ah tear up. That's aw this class means tae me. Ah wis richt in the middle. The day is the first day that ah take the time tae acknowledge that ah'm in the middle group fur maths an aw. Ah didnae really try wi numbers. Ah couldnae imagine a world where ah'd want tae dae Pythagoras by choice.

But fur aw ah dinnae care aboot maths, ah'm lettin numbers rule ma life. We're ainlie placed intae groups fur maths and English. Every other Standard Grade subject hus mixed ability classes, richt up tae the very end.

Miss Smith tells us we will be practicin oor close readin the day. Ma mind drifts aff tae the Catty, and ah dinnae try tae stoap it. A sang called 'The Middle' by Jimmy Eat World played. The jist o it wis that guid fings take time. Ah gat a Wan fur ma close readin. In wan department, at least, ah wis likely aheid o every other bugger in this room.

'Cathy?' Miss Smith says.

Ah thocht she said 'Catty' fur a moment and freeze. The blood drains fae ma face. A quarter o the period is gone, and ah've no so much as written a single wurd – let alane answered any o the questions in the workbuik.

She's gonnae fink ah've either gien up or decided ah'm too guid fur this class. Ah guess the latter is true. Mibbie this is ma punishment fur actin like it.

'Mr Brown wants a word,' Mrs Smith continues.

The bog graffiti. *Does somewan know?* Ah staund and walk oot the class.

Ah'm so nervous ah trip, but manage catch masel afore ah'm oan ma arse. Ah kin hear the class laughin as ah walk doon the hall.

'Well, well. The wordsmith of the day!' he says, beamin the moment ah walk intae his office.

A look o confusion faws across ma face.

'Wurdsmith?'

'You're this year's winner of the Under 18s writing competition in East Bonnieburgh! What an achievement for one of our new starts.'

Ma jaw hits the flair. *Hus somewan put drugs in the cereal bars fae the vendin machine?* There's nae way it's possible.

'And what a poem! I used to be an English teacher, before I became head. I'd never have even thought to encourage the children to write in Scots. Shows you what I know!'

Ah take a seat wioot bein asked. Ah cannae believe it.

'Is this a joke?'

Mr Broon's face faws. 'Why would I joke?'

Ah burst intae happy tears. Here ah am, the best at sommat fur the first time in ma life, oan the day that started wi me feelin like the biggest failure in the world.

'Ah've never been mair than average. . .' ah say, quietly.

Mr Broon doesnae miss a beat.

'Then, young lady, you need to start believing in yourself a bit more.'

He looks at the clock.

'OK, I've kept you long enough from your class. Go to the bathroom and get a paper towel. Calm yourself down and then away you to class and tell your teacher the good news! She'll be so proud!'

Ah stand and resist the urge tae laugh. The very wumman who telt me no tae write in ma ain tongue. She willnae believe me.

* * *

Mrs Smith raises an eyebroo when ah walk back intae the middle group. Mr Broon must huv telt hur when ah wis in the bog. Ah pray she doesnae tell the rest o the class.

Ah tilt ma heid in acknowledgement, resistin the urge tae beam. Ah've never felt satisfaction like it. Ah take ma seat wioot another wurd. Ah look oot the windae at the green and yella hills. It's a braw day wi golden light. Ah feel like Daddy and Great-Granda are lookin doon oan me fae a cloud, smilin.

Mrs Smith stands and says, 'Well class, you might be in the middle group, and I know it was a disappointment to some of you, but we have a superstar in our midst today. Cathy O'Kelly won the Under 18s writing competition.'

Every heid turns tae me. Ah'm baith prood and want the groond tae swallow me whole at the same time. The class bursts intae applause. Ah could greet.

'I told you. This class is just that – a class. It's not a reflection of your ability long term.'

Ah fink o Mark. In the toap group and nane the wiser.

Ma phone buzzes. It's a photie fae Morag. The wee shite hus put an empty hauf bottle o vodka under ma bed, bringin me back tae reality wi a bang.

Live Forever

2007

THE MAGGOTS IN ma heid are workin overtime as ah walk tae Mammy's car. Hur heart's always in the richt place, but Mammy doesnae always fink afore she acts. Ah've gat the fear oan another level. Ah've nae idea who she'll believe. Me and Morag huv baith gone against hur noo.

'Congrats, clever clogs!' Harry says, runnin up behind me.

Ah've never been so scared and happy at the same time. Ah'm no sure whit tae dae and jist laugh. It's a beautiful, crisp day and the cauld breeze in the air calms me fur a hauf second.

'Thank ye,' ah say. 'Ye saw the guid in ma stories afore anywan else did – and it wis jist because o me as a person.'

'Duh. You're fantastic. I mean, I'm no literary critic.' He laughs. 'So. . . The bottom group was bam central, but at least it'll be entertaining.'

Ma silence tells him sommat's gaun oan.

Ah stoap afore the bend in the hill that'll bring me intae Mammy's view. Ah tell him that ma sister hus planted a hauf bottle o vodka under ma bed efter Mammy caught hur smokin and ah've nae idea whit tae dae.

'Shit,' he says.

He looks me up and doon.

'Well, the law's only just changed for fags, so it makes sense that someone younger could get them, but it's eighteen for booze and you barely look sixteen.'

'Aye, but the Catty. Whit if Morag says ah gat it fae Robbie?'

'Does she know how old he is?'

'Ah dinnae fink so.'

Harry suggests comin wi me tae Mammy's car. He's a braver person than ah'll ever be. Ah'm no sure whit tae expect fae hur, so ah agree. Ah'm shakin by the time we arrive. She rolls doon hur windae.

'Hi Mrs O'Kelly.' Harry says. 'Just wanted to introduce myself. I'm Cathy's friend Harry.'

Ma face is blank. Part o me fears ah'm gonnae laugh oot o pure terror.

'Are ye a drinker?' she asks.

Ma heart faws intae ma stomach.

'No, and she isn't either. Honestly, your Cathy is one of the most anti-drinking people I know.'

Mammy says nought.

'She also just won a competition out of literally everyone else in the local area.'

Mammy raises an eyebroo and ah nod, smilin sheepishly.

'That Morag's a bloody bugger,' she says, shakin hur heid.

Mibbie Daddy rubbed aff oan Mammy mair than ah realised. He wis logical like that an aw.

* * *

There's a ping oan ma phone as we drive hame. It's Mark. It doesnae take lang fur guid – or in his case bad – news tae spread. It's a link tae a webpage. It costs 20p tae open it. Curiosity gets the better o me. It's the sang 'Live Forever' by Oasis.

Ah smile. He finks ah'm a somewan noo, fur aw the self-depricatin part o me, even noo, still wonders if the competition win wis a fluke and that the middle group is proof ah'm destined fur nought.

* * *

Mammy picks Poor Granny Cathy up oan the way hame. She tells me God smiles oan the richteous when she hears ma guid news.

Morag gets clipped roond the ear the moment we arrive hame. Mammy makes hur sit oan the couch opposite Granny. She hides behind hur ginger hair.

'Hen, yer a lovely lookin lassie, but if ye ever fink aboot a fag again. . . well, dae ye want tae look like me?' Granny asks Morag, smokin hursel.

Morag shakes hur heid. She then gies me the maist judgemental glare ah've ever hud. She's gat nae idea why Mammy's no gaun aff oan wan at me an aw.

Mammy then says she willnae groond hur if she ains up tae plantin the vodka bottle, and she's daft enough tae admit the truth. She gets groonded anyway.

'Urgh,' she says, stompin as loudly as she kin oan the stairs.

'Hormones,' Granny says. 'It's aw startin noo. Looks like Cathy's gat a bit mair maturity aboot hur though,' she adds, gesturin tae me.

Ah smile.

* * *

Ah look oot the windae at the moon. It's shinin through the trees at the back o the hoose. Mammy said it wis a guid sign.

'New moons are new beginnins,' she says.

'Funny that.'

'Yer Daddy would be so proud,' she adds. 'Never mind yer Great-Granda. Ah telt ye that ye found that Scots poem o his fur a reason – never mind the others yer sleekit Granny Helen wis hidin.'

Ah'm so happy that maist o the nicht hud passed in a happy blur. It's ainlie noo that ah'm left wi ma thochts.

As ah look at the moon and want tae fink ah've gat a new beginnin, ah realise ah dinnae. No yet. Dorian, ah mean, Mark micht as well huv a collar aroond ma neck wi the power that text aboot livin furever hud. It's been aw ah've thocht aboot since ah knew ah wis in the clear wi Mammy.

Ah just want tae be free and no care whit anywan finks. Free like a wee bird.

We never binned Jess the dug's collar, even though Mammy and Daddy never hud hur lang. Ah take it oot the drawer and put it oan, finkin o the collar that ah let Mark put roond me – aw because ah admired the bugger. Mammy and Morag are fast asleep. They'll never know. Ah know this hoose well enough tae avoid the creaky bit o the carpet. It's a lovely reid fing.

If ah belang tae anyfin, it's tae masel, tae dreams. No ma school work. No Mark. No even Robbie, even if me likin him would make mair sense.

Condensation is runnin doon the windae. Mark micht be convinced wur gonnae live furever, but everywan hus potential at this age.

Hauf the lassies up the Catty could be fashion designers at the rate their gaun at. Robbie could make it as a rockstar – or amount tae nought and end up sittin in a pub, decades doon the line, broken hearts behind him, wonderin where it aw went wrang.

Mark double texts me.

'Can we meet up tomorrow before school?' he says. 'I think it's time.'

Time? ah fink. *Fur whit?*

'By the bikesheds?'

'Perfect,' he replies.

* * *

Mark's wearin a waistcoat and a poacket watch the day. Ah micht o beat him in the competition, fur aw the toap group wis a pipe dream, but he's still mair self-assured than ah'll ever be.

Ma Ziggy reid hair hus awready faded tae a pinky reid colour, and ma Jane Norman PE bag is at risk o acquirin a hole despite ma best efforts tae keep it pristine. Mammy wis richt.

Ah didnae – we didnae – huv the money fur me tae keep it like that. We didnae huv the money fur maist fings.

'Are ye awricht?' ah ask Mark.

He cannae make eye contact wi me, but ah notice that his eyes are glassy. He's gat this sincerity aboot him that ah've never seen afore.

'I knew you could do it,' he says.

Ah smile.

'Ah'd some guid competition.'

He hauf smiles back afore rollin up his white sleeve. His arm is covered in wee bruises. They look fresh. Like he's jist been grabbed. Ma eyes widen.

'Are ye o –'

He cuts me aff.

'Mum grabbed my arm because she was crying so much over my Grandpa. She'd been drinking. It's a regular thing. My parents. . . they're divorced. My Dad just left.'

Yikes, ah fink. Ah knew Mark wasnae the maist sympathetic person in the world, but he still lives in Glasgae – even the posher folk like roond here like a drink.

'It's my Grandpa, on my Mum's side. He's in jail. Barlinnie. He's a. . . murderer. I need to be someone because,' he pauses, 'I come from a family of murderers. . . dealers. I might live here and not talk like you, but ah'm as workin class as they come.'

Ah want tae open ma mooth in shock, but ah cannae. If he's tellin the truth, it's gonnae take a while tae sink in.

Ah never thocht ah'd live tae hear Mark speak sommat that even resembled Scots. Ah wonder if it's deliberate.

God knows that if he wis truly posh he couldnae put that oan unless he wis a near enough professional actor.

Ah dinnae know whit tae say. Afore ah stoap masel, ah say, 'Murderer?'

He nods. 'It was a bloodbath. No one's lived in that flat since. And don't ask me why he did it because I don't know.'

If it wis anywan else, ah'd fink he wis pullin ma leg, but ah know full well whit the bams up the Thistlegate flats are like. Mammy said some poor bugger gat beheaded wance.

'Wow. Did that lassie. . .' ah pause. 'The wan Harry mentioned, Jenny. Did she know?'

'Oh, she knew. She wasn't meant to find out. I could have handled it better, but I wasn't wrong. That's why I'm telling you.'

Turns oot the way tae get a bit o humanity, a bit o truth, oot o Mark is success. Mibbie his family's history is the reason he's the way he is. Ah try tae see the best in everywan.

'It doesnae matter where ye come fae,' ah say. 'Ah know ah sound like some inspirational quotes buik. Aw that matters is where yer gaun. Like that sang ye jist sent me.'

Mark nods knowingly, then, like he always does, he gies wi wan haun and takes wi the other.

'I couldn't concentrate for that stupid competition. My family. . . it's getting worse. The older I get. Living with it all.'

The bell rings, and ah couldnae be mair grateful fur regi.

* * *

Ah've maths fur ma first class o the day, but noo that ah know whit Mark finks o ma win, ah cannae help but wonder aboot the folk oan the forum. Checkin ma messages oan there will cost oan ma phone, but ah cannae help it.

Ah want a distraction an aw. It makes me uncomfortable that me and Mark are mair similar than ah realised class wise. *Huv ah gat badness, arrogance, in me like that? Wis that why ah felt the need tae tell everywan oan the forum?* Ah thocht they'd be happy, but. . .

Ah push the bad thochts oot ma mind like ah've maistly tried and failed tae dae.

The day's maths lesson is aboot Pythagoras. Nane o it computes. Hoo ah managed tae get intae the middle group fur maths is beyond me. That's why the English snub hurt so much.

Ah carefully manoeuvre ma textbuik so that ah kin surf ma Blackberry wioot the teacher noticin.

'Oh my gosh!' RingoStar wrote. 'You did it! You won! Thank you. It gives me hope that if I'm true to myself, my real self, maybe one day I can do it.'

Ah tear up. Ringo's richt. There's nae difference between writin in ma ain tongue and livin yer truth. They both take courage. Whit he's daein will take mair courage than anyfin ah am.

'Thank you,' ah reply.

Ah wonder whit time it is in America. It must be the wee oors o the mornin. Ah shut ma phone, but the lesson is so borin that savin ma remainin credit stoaps bein a priority.

'Fuck it. Sorry,' Ringo replied. 'But you're my sign from the universe. I'm going to tell my best friend I'm a dude.'

Ringo's the first person ah've met – well, close enough – who's ever hud tae come oot. Ah imagine it's the kind o fing that takes time tae work oot, tae be sure o. Ah feel fur him. It's some decision, no that it's really a decision, but the 'when' is, and ah've nae idea hoo that would go doon in Glasgae.

Ah hope folk are open-minded across the pond, but probably, like here, it depends where ye live.

***

Mark is by the bikesheds oan the way oot the school. He must be avoidin gaun hame. Ah stoap tae smile at him. He smiles back kindly. Fur wance.

'Just killing time,' he says.

'Ah hope yer awricht.'

'I ended it with *her*,' he says.

Ah fink o the beautiful lassie in the Catty toilets. She wis too guid fur him. But they wur never in an official Bebo relationship. Whitever it wis. She's dodged a bullet wi that troubled family history. Talk aboot a change o subject fae whit Mark tellt me earlier.

'Oh,' ah say, no knowin where tae look.

'Why that reaction?'

'She wis nice.'

'How do you feel?' he says, lichtin a rollie.

Ah dig whit little nails ah've gat intae the skin oantoap o ma haun. 'I don't understand?' ah ask.

Ah huv a feelin he actually hus a fing fur me, richt noo at least, but ah'm no sure. Ah dread tae fink that he's tryin it oan because o the competition.

'Things are over with her,' he repeats. 'Our relationship status could change.'

Ma eyes widen mair than Tom and Jerry's ever did in the maist dramatic episodes. He doesnae look chuffed. *But whit did he seriously expect?* He knows me well enough tae know ah'm no exactly gonnae winch him in the woods.

'Ah need tae go,' ah say, turnin and walkin away.

'Think about it. Live forever, like the song,' he says.

The world's faded tae so much silence that ah kin almaist hear his filter paper burnin.

The Rain

2007

AH LOVE THE sang 'Teenage Dirtbag' by Wheatus.

If there's anywan in the world who's a teenage dirtbag, a loser, it's me, but fur wance in ma life, ah'm a winner. A winner o a writin competition no less. Ah'd hoped Mammy micht get me a wee treat fur winnin the competition, and ah wis richt. Fur aw it wis ainlie a £10 toap up fur ma phone. Ah decide tae use it the day, jist in case Ringo needs me.

Ah skipped regi this mornin as ah didnae want tae face Mark. Ah didnae know whit tae say efter yesterday. He never saw the guid in me fae the get-go like Harry. Noo ah've slept oan it, his proposal jist feels aff, even if ah feel fur the bugger noo ah know mair aboot his history.

A wumman walks intae ma history class.

'Cathy O'Kelly?' she asks.

The teacher points tae me.

Ah freeze. The moment ah swallow ah realise that aw eyes are oan me. She isnae a teacher. The wumman's gat short dirty-blonde hair and a visitor badge roond hur neck.

'Can you come this way?' she asks, smilin.

Ah breathe a sigh o relief. Ah cannae be in trouble. She gestures tae the door wi hur heid.

We walk doon the corridor in the direction o Guidance. Ah pass Mark, who must be oan a toilet break or skivvin. Ah dinnae know if ah should smile or no in case his family's been gien him a hard time so ah dae nought.

'Your poem is wonderful, Cathy,' the wumman says.

Who is she?

Ah beam, castin a split-second glance at each o the impressive pieces o Higher artwork dotted alang the hall.

Ah wonder if Mrs Smith's opinion o ma writin hus changed noo the results o the competition are in. But it's too late tae move me intae the toap group. Wance ye've been judged academically, and in other ways an aw, that's ye judged.

Ah take a seat oan an auld fashioned chair near the deputy's desk. It's broon and covered in marks. The wumman sits opposite me.

'My name is Alice,' she says. 'I work for Bonnieburgh council, and I was one of the judges of the writing competition.'

Ma eyes widen.

'I saw in your description of your poem that it was inspired by your Great-Grandfather's, so I took a trip to the Mitchell Library as I wanted to read it for myself.'

Ah smile, wonderin if she'd managed tae find Great-Granda's poem in the actual paper. Ah'd love tae see it in its glory. *Hoo close wis it tae the front page?*

'I contacted *The Herald*. As you know, Burns Day is just around the corner and they said they'd absolutely love to publish your poem too. If it's okay with you, of course. We chose your poem as the winner because it was not only well-written, but the Scots was beautifully executed. It was a stand-out piece too. The only one in the Scots language.'

Ma eyes well up. Aw the pain. Aw the tears. Ma Great-Granda's poems tae ma Great-Granny, his bonnie lass. Everyfin. It hudnae been in vain.

'Aww,' she says, lookin at me. 'Happy? 'Can I take that as a yes?'

Ah nod. Ah'm too gobsmacked tae reply. Ah'm gonnae be a published Scots scriver – jist like Great-Granda. Even Mark, fur aw he's gat some hit fur himsel, isnae published. He'll be green when he finds oot. Tell a lie, he'll be seein reid.

It doesnae matter. Winnin the competition is itsel validation that there's some value in writin in the tongue ah speak. Ah've never hud any afore.

Mrs Smith walks intae the office. Talk aboot perfect timin. A look o concern passes across hur face.

'Are you OK?' she asks.

Alice smiles.

'Just giving her some good news! Brilliant news, in fact. She's going to be a published poet! In *The Herald*!'

Mrs Smith's eyes widen. Mibbie she'll fink twice the next time she gies a wean a bad mark fur darin tae be different.

* * *

Mark looks through me when oor paths cross again in PE. We've gat bloody social dancin. Again. He's gat tae know aboot *The Herald. But hoo?*

'I made you,' he says, dismissively, but still pickin me as his partner afore any other lad kin look at me. 'It doesn't matter that you won that stupid competition. I made you.'

'How?' ah say.

'I just did,' he replies.

Ah raise an eyebroo. *Whit the puck is this bugger oan?* Ah feel bad fur him, sure. Ye cannae chose yer family, but it's nae excuse tae act like a monster yersel. He wis the wan who telt me no tae write in Scots. He wis the wan who said ah ainlie brought Bowie tae the table. Bowie's a big name, even in 2007 – the age o dance and Cascada and the like.

'If ye're so guid, why did ye no win?'

Mark slides an arm aroond ma back. Annoyingly, everywan hus stuck wi their original social dancin partners. Ah move resentfully closer tae him.

Ah'd gie just aboot anyfin tae be dancin wi Robbie insteid.

If there's a man who'll never admit tae bein wrang, it's Mark. But wur aw human.

'Good job, Third Year!' shouts Miss Bruce. 'Remember your positions!'

She plays the 'The Dashing White Sergeant'.

Ah've seen a heid doactor, but if there wis ever a bugger in desperate need o wan, it's Mark. Even more so in licht o recent revelations. Ah look at the white marks oan his arms as he raises wan o mine in the air. Those scars wurnae caused by his

Mum grabbin him efter wan too many. Ah knew it. He's flesh and blood like awbody else.

He pulls doon his white sleeves mid spin. He wasnae so proud o those battle scars.

'You'd be a total wallflower, O'Kelly, if it wasn't for me,' Mark says, still stayin annoyingly close tae me. Ah'm glad ah stoapped callin him Dorian. 'You might think you're hot shit because you won that stupid competition, but you're just. . .'

He scrunches up his face.

Ah'm back in the wee school. Cameron McGlinty's in front o me, ugly drawin in hand. Wioot finkin, ah touch ma eyebroos – ma thick, ugly eyebroos. Ah look even worse noo wi ma acne.

'That's ye,' Cameron McGlinty says in ma heid.

'Cathy?' Mark asks. Despite everyfin, he looks concerned.

'SHUT UP!' ah scream.

The ceilidh music grows louder. The room starts spinnin.

Every pair o eyes in the gym hall turns tae me. Miss Bruce pauses the music. Mark starts laughin like the absolute psycho that he is. At least ah know noo it's hereditary. Ah run away. Ah feel like Chief at the end o *One Flew Over the Cuckoo's Nest*.

Ah run tae the library, tae the pond. It's the maist quiet, peaceful place ah kin fink o. Ah'm distraught as ah begin the twenty-minute walk there, and ah keep gettin mair and mair upset wi every step.

* * *

If there's any logic in ma brain, it's oot the windae by the time ah sit oan the cauld concrete next tae the duck pond. Ah fink o the scars oan Mark's arms. Ah've nought tae lose. Ah look at ma arm and start punchin it.

The first punch doesnae hurt. Ah dae it again. Harder. The pain gies me a perverse sense o relief. It's also a welcome distraction fae the chaos in ma heid.

Ah've achieved so much, ah fink, *but ah cannae shake ma past.* The inadequacy o it aw. Ah kin run fae Mark, but no ma ain head. That's the scariest place o aw.

Ah punch ma arm, ower and ower again till it's numb.

Ye deserve tae get punished, the self-depricatin part o ma brain says. *It doesnae matter whit ye dae, ye'll never be strang enough tae show doon the likes o Mark.*

There's a tap oan ma shoulder. An auld man. He puts me in mind o Poor Granda Billy. A posher version. Ah kin see ma face in his shoes. Ah freeze.

'Are you okay, hen?' he says.

That wan Scots wurd means mair than he'll ever understand. Ah take a deep breath.

'Yeah,' ah lie.

He hauns me a packet o hankies, and ma heart swells wi gratitude.

Ma phone buzzes. Robbie.

'Amazing!!! I knew you would do it, but it's so nice to see it confirmed.'

Ah look at ma arm. It's reid fae aw the punches.

'It's the ainlie fing that's gane richt fur me,' ah reply. It's the first time ah've ever texted in Scots. Ah'm no sure if he'll get it. Then ah mind a line Robbie sang aboot his maggots and whit they seemingly made him dae. 'Ah hurt masel.'

'Hurt yourself?

Ah send a sad face.

'Look, I get it. But you seriously can't do that. . . Are you outside?'

'Aye.'

'Go for a walk. I know it sounds like the most obvious thing in the world, but go for a walk and just keep counting. You are a writer. You can focus, so count from one to a million. Use that to distract yourself.'

Pft, ah fink. But then again, aw ah did oan ma way here wis wallow in self-pity. Ah staund and start countin. *Wan, twa, three, four, five, six. . .*

Wioot finkin, ah heid up Loch Bonnieburgh. Ah know it's nearby. It's Mark's favourite muse.

Ah'm at twa thousand and oot o breath by the time ah get there. It's breathtakin, ah'll gie the bugger that much.

Ma phone pings again.

'Is it working?'

The angst behind Robbie's sangs suddenly makes a lot mair sense. His darkness wis nae work o fiction.

'Surprisingly. Never thocht ah jist needed a guid distraction, but this is whit ah always did wi Mammy afore. Ah guess it's different tae acknowledge it – and dae it in the moment.'

Ah look oot again at the water, ma feet carryin me aimlessly. Me and Mammy talked aboot oor problems oan oor walks. Whether it wis me and ma bullyin or hoo the numbers in the chapel kept gaun doon tae hur. But we never tried tae empty oor heids wi a distraction like this. Ah stoap countin fur a second.

Ah couldnae even hurt masel well, ah fink. The punches willnae leave a mark – no like the wee white wans oan Mark's arms. Ah hate masel fur the thocht. Ah want it tae go away. They wur battle scars sure enough, but ah'd ma ain an aw, burned richt intae ma heid. The maggots.

'**Thank you**,' ah add, distractin masel again.

Ah walk tae a moss-covered bench and sit. It's wet, but it doesnae matter. Ah keep countin. The shadows o the trees are dancin across the ripplin waters. It's braw, in every sense o the wurd.

Ah take oot ma notepad and start writin. Ainlie then kin ah put the numbers oot ma heid. It's mair effective than jist talkin aboot ma problems like ah did wi Mammy. Ah need tae concentrate as much as ah did wi the countin.

Great-Granda pops intae ma heid. He hud his bonnie lithca lass. **Ah huv ma bonnie waters,** ah write.

Everywan fae Thistlegate is as workin class as they come. Ah cannae help but wonder whit made Lizzie Black so special. Ah've never been tae the auld Thistlegate library afore, jist the wee wan next tae the wee school.

The day's been a day o bad firsts. Ah decide tae make a guid wan. Ma history teacher said there's a display aboot Lizzie in the archive. Ah wipe ma bum in case there's any moss attached tae it, pop ma notebuik intae ma bag and heid fur the twa bus route back tae Thistlegate. Ah've never taken it afore, but Mammy willnae always be able tae drive me tae school.

Ma teachers will huv an Annie Rooney if mair than wan o them gets wind o ma absence, ah fink. Ah jist start countin again when the thocht comes intae ma heid. Even at Bonnieburgh Academy, the weans play truant and it's no like ah'm a regular.

The countin wouldnae work fur everyfin, and it probably willnae work aw the time, but it gies me a chance tae calm doon and that's exactly whit ah need.

***

Ma heart sinks at the bus stoap. Ah'm short oan change. There's a wumman behind me. Ah step aside. Jist as ah'm walkin aff, she hauns me an aw-day pass.

'Are ye sure?' ah say.

'Of course,' she replies.

She hus tae be ages wi Robbie. She's gat lang blonde hair and is wearin a smashin hat that shows jist enough o hur face fur me tae see the kindness o hur smile.

Ah dinnae know Robbie. Ah probably huv the bugger oan a pedestal. He could jist be wantin fans fur his music. Too sweet tae be wholesome as they say.

This wumman's different. Even wi aw the owerfinkin in the world, she's been nice fur the sake o bein nice.

Ah take a seat behind hur oan the bus, which stoaps jist ootside Tesco. Then it's a switch tae the auld library. Poor Granda and me need tae make the trip an aw wan day.

He's always hud a fing aboot the toon as it reminds him o his glory days in the yards.

Ah start countin again. As much as ah dinnae want tae, ah cannae help but imagine Mark's sneerin reaction tae ma arms. *He should be named efter the bloody picture and no the handsome bastart it wance portrayed*, ah fink.

The picture, ah laugh, countin away.

The wumman in front o me hus a fancy phone and is lookin through photies o a wean. They've gat big chubby cheeks and a clear heid. Ah wish ah wis a wean like that again. Untainted like the original Dorian's portrait.

It's such a hot day that ah didnae realise hoo dehydrated ah am till ah stand. Aw that walkin hus taken it oot o me. Ah take a seat oan the metal bus stoap as ah wait. That wumman must be gaun in the same direction.

'Hey,' she says, afferin me a bottle o water. 'You look like you could do with this.'

Ah've never been so grateful tae a stranger afore.

A set o keys faw oot hur haunbag, and ah jump tae grab them fur hur. Ah pick them up and pause. A tammie norrie. A tammie norrie keyring. It's ma Daddy. It's the sign ah bloody asked fur. He came back as ma wee protector.

Black cats micht be bad luck fur some folk, but ma wee Puffin's special.

The wumman smiles as she gets oan the bus intae the toon. 'Take care.'

'Thank ye.'

* * *

The library is a big, fancy stane buildin. It's no a world away fae the Mitchell, and ah feel at ease the moment ah see it.

Ma heart sinks when ah walk past its broon doors. It's naewhere near as nice inside. There's jist a few model boats o the yards' greatest hits. The *Queen Mary* and the like. Clydebuilt. Jist like me.

Ah go doon twa flichts o concrete steps. The archive is deadly quiet.

There's a moosey wumman inside a glass booth. She's like the school librarian. . . but worse. Hur glasses are hingin fae hur heid wi a beaded chain. Hur nails, lang and thick. There's a bunch o buikshelves and other bits and boabs that ah've gat nae idea hoo tae use behind hur.

She looks up. We make eye contact, and ah gulp.

'Can I help you?' she asks, quietly, almaist as a whisper, despite the place bein near enough empty.

Ah'm in ma uniform. Ah look like ah'm here fur a reason.

'Lizzie Black.'

The librarian's face faws. Everywan must come here fur the same reason. Ah notice a framed page fae *The Herald* behind hur. *Great-Granda*.

'Kin ye look up anywan?'

'If they're in our archive, yes.'

She directs me tae a big clunker o a computer and tells me hoo tae search it. It's aw numbers and letters. Ah jist tell hur ma Great-Granda's name.

Posh Granny said his obituary wis in the paper. Mibbie ah could see the full version o his poem in *The Herald* an aw.

Ye should o done this a lang time ago, O'Kelly, ah fink, angry that ah've callt masel by ma surname jist like Mark does. *Ye'd aw the time in the world efter leavin the wee school and ye spent it lookin up rock music and bloody faerie superstitions.*

'O'Kelly?' the librarian repeats.

There's mair results than ah could o dreamed o – a lot mair than twa. Aw fae the early 1900s. Ma eyes widen. The librarian pulls wan up at random. Ah blink it intae perfect focus. *There he is! Ma Great-Granda! And he looks jist like ma Daddy!*

Ma Great-Granda's wearin a tam o shanter hat and a full military uniform. *He wis a soldier?* ah wonder. Granny Helen hudnae breathed a wurd. Ah tear up.

> Walter Grae O'Kelly
> Glasgow
> 5th Battalion, The Cameronians,
> Scottish Rifles
> Awarded Four Medals for outstanding bravery
> The Somme

Ah take a breath and start greetin.

'Are you all right, hen?' the librarian asks.

Ah nod. Hur eyes are burnin intae the back o ma heid. Ah'd be worried an aw – curious at best.

'That's ma Great-Granda,' ah say. 'He wis a Scots poet, but ah'd nae idea. . . Thank you.'

'I'll leave you to it, lass,' she says, scuttlin aff.

Ma Great-Granda survived Hell. The worst battle. The worst everyhin. Posh Granny probably jist didnae fink tae say

302

because she, like me and every other bugger, wis still wrapped up in hur ain story.

Ah need naewan's permission tae write in Scots but ma ain, ah fink. Jist like Robbie said. Ye kin be as clever as they come and still no be buik smart. Scots hus gat nought tae dae wi it. Ah cannae rely oan competition wins.

Ma Great-Granda didnae look like the strongest man in the world; he wis as lanky as they come, but he wis a survivor.

Ah fink o Mark. He's been a bugger, sure, but he's also shown me flashes o kindness. Walk a mile in somewan else's shoes. . .

Ma phone pings. It's Mark. He's psychic noo an aw.

'I'm sorry,' he admits. **'I read your poem. It's great.'**

Ma arm's still hurtin. We're in the same boat in some ways, and God knows sommat must o changed fur Dorian tae apologise. Ah'll gie him his preferred name noo.

Ah've changed an aw. Ah need help fae a heid doactor – proper help. It's no a joab fur Robbie; it's wan fur a professional. There's nae shame in admittin it. No compared tae the kind o secrets folk like Dorian huv tae keep.

Ah log oantae the forum fae ma phone. Ringo's come oot. It went well. Ah smile.

Sommat cauld lands oan ma shoulder. A droap o rain. Ah look doon. A bucket's below me. It rained the day Daddy died. If it rains the day ye die, it means yer happy.

Luath Press Limited

committed to publishing well written books worth reading

LUATH PRESS takes its name from Robert Burns, whose little collie Luath (*Gael.*, swift or nimble) tripped up Jean Armour at a wedding and gave him the chance to speak to the woman who was to be his wife and the abiding love of his life. Burns called one of the 'Twa Dogs' Luath after Cuchullin's hunting dog in Ossian's *Fingal*. Luath Press was established in 1981 in the heart of Burns country, and is now based a few steps up the road from Burns' first lodgings on Edinburgh's Royal Mile. Luath offers you distinctive writing with a hint of unexpected pleasures.

Most bookshops in the UK, the US, Canada, Australia, New Zealand and parts of Europe, either carry our books in stock or can order them for you. To order direct from us, please send a £sterling cheque, postal order, international money order or your credit card details (number, address of cardholder and expiry date) to us at the address below. Please add post and packing as follows: UK – £1.00 per delivery address; overseas surface mail – £2.50 per delivery address; overseas airmail – £3.50 for the first book to each delivery address, plus £1.00 for each additional book by airmail to the same address. If your order is a gift, we will happily enclose your card or message at no extra charge.

Luath Press Limited
543/2 Castlehill
The Royal Mile
Edinburgh EH1 2ND
Scotland
Telephone: +44 (0)131 225 4326 (24 hours)
Email: sales@luath. co.uk
Website: www.luath.co.uk